新时代诗库

春天的路线图

赵之逸 著

中国言实出版社

图书在版编目(CIP)数据

春天的路线图 / 赵之逸著. -- 北京：中国言实出
版社, 2022.3
ISBN 978-7-5171-4109-9

Ⅰ.①春… Ⅱ.①赵… Ⅲ.①诗集－中国－当代
Ⅳ.①I227

中国版本图书馆CIP数据核字（2022）第050380号

春天的路线图

责任编辑：张　朕
责任校对：王建玲

中国言实出版社出版发行
地址：北京市朝阳区北苑路180号加利大厦5号楼105室（100101）
编辑部：北京市海淀区花园路6号院B座6层（100088）
电话：64924853（总编室）　　64924716（发行部）
网址：www.zgyscbs.cn
E-mail：zgyscbs@263.net

经销：新华书店
印刷　北京中科印刷有限公司
版次：2022年7月第1版　　2023年4月第2次印刷
规格：710毫米×1000毫米　　1/32　　9.875印张
字数：300千字

定价：58.00元
书号：ISBN 978-7-5171-4109-9

第二辑　行走在脱贫攻坚路上

目 录

CONTENTS

1

　　赵之逵，当代诗人，鲁迅文学院89级高级班学员，玉溪师范学院客座教授，玉溪师范学院红塔书院"诗歌教育工作坊"坊主，1989年在"现代诗社团大展"中被评为"桂冠青年诗人"。诗作散见于《诗刊》《人民文学》《中国文艺家》《星星》《诗歌月刊》等各级刊物，获《诗刊》社等多项全国奖，1992年出版了第一本个人诗集《流动的光斑》。

　　Zhao Zhikui, who is a contemporary poet, a student of the Advanced Class of Grade 89 of Lu Xun College of Arts, a visiting professor of Yuxi Normal University and the owner of " Education Poetry Workshop " of Hongta Academy of Yuxi Normal University. He was rated as the " Young Poet Laureate " in the "Exhibition of Modern Poetry Society" in 1989. His poems were published in various magazines such as *Poetry Journal, People's Literature, Chinese Writers and Artists, Stars and Poetry Monthly*. He won many national poetry awards and published his first personal poetry collection *The Flowing Light Spot* in 1992.

新 时 代 诗 库

第三辑 拔出身心里的"贫"

第四辑　山乡，有如歌的诗眼

第五辑　所有花开，都朝着乡村振兴

第一辑

召唤

进山

刚进山

便收到了花开的消息

娇红欲滴的水马桑

热情似火的山棘

这些

都不是我入山的目的

我来看看云松和山梨

昨冬，正是他们

用单薄的针叶

挡住了来自四面八方的寒流

春天来了

他们有没有健康拔节？

这些村民一样、真诚善良的兄弟

还是那么有朝气

骨节处、手臂上，闪耀着生命的春绿

我试着成为这样的树
哪怕只剩最后一丝根系
也要在来春，发出枝叶
让每一个路过的人，看到生机

2019 年 2 月 15 日

路

上山的路，比蛇还缠绵
五米之外就是悬崖
教练说，过得了小石桥
就是全天下最硬扎的驾驶员
那是 1998 年

女学员不敢靠边
有个男学员
索性就把车开在路中间
我选择走在自己认为对的一边
这么多年来，一直没有改变

组织委派，今日我又来
驻守小石桥村委会，开始扶贫攻坚

蓝天没有走远，白云还像多年前那样
依偎在身边。很多老百姓

仿佛儿时的伙伴，一见，就亲密无间

烤烟和青花的腰包鼓过了名花梨园
山乡经济有了发展，老远
就看得见农民兄弟皱巴巴的笑脸

山旮旯一夜间崛起了几个工厂
部分农民转岗进了车间
路越来越累，拉石头水泥的超载大卡车
把老路新置的西装，撕得一片不连一片

一路上，扬起的黄泥和尘灰
试图占领周边全部山头
我已经走得很近，很使力地拂擦眼线
才勉勉强强，看清了云松高洁的真颜

从拇指到小指，整个手掌
盘亘着今生前世所有沧海桑田
今日重来，仿佛
二十多年前的初见

有些路
走着走着，就回到了从前

2019 年 4 月 3 日

脱贫攻坚会议

会议室不大，飘飞着党旗

如果不曾支边农村

如果不是隔桌对坐

就读不懂

刚从地里走来的监委主任张世民

灰尘已经抖落，衣裤上

星罗棋布着绿叶和花的寄语

一手勤耕持家，一手村务不倦

半小时前还挥舞铁锄的手

现在，紧握着理想和信念的笔

指甲缝中，还依稀见得着些许土泥

泥香，和诗歌一样美丽

"两不愁三保障"

年底脱贫已有良计

比如一组小丫口的代兴良
比如二组小瓦房的方美兰
眼光，扫向正在发言的村委会李书记

晒成的黑，掩不住天生的红
热土托出的脸，怎么看
都是一枚鲜亮的党徽
眼中，一边镰刀，一边锤头

从认真做笔记的
党总支谢副书记看过去
齐刷刷的，每个椅子上
都端坐着一束希望的火炬

2019 年 5 月 8 日

晨辉

旭日和鸟的欢啾相继抵达山顶
路上，驶来拖拉机
和微型小汽车幸福的轰鸣

这是小石桥一天之中
最令人沸腾的场景
交易刚刚开始
秤砣上，挂着一众雀跃的心

青花被层层剥开，同时被剥开的
还有农民一年一季翠绿色的耕耘

我兴奋地站在山的右边
看汽车忙出忙进
看着甜蜜的白云
从天上
直接游进老百姓蒸锅里

喜欢这样的早晨
阳光，像一件贴心的薄衫
暖暖地披在身上，挡住了凉秋

2019 年 9 月 3 日

引领

龙马山是站立着的高原
也接纳，草原上的各色花景

嫩黄可人的委陵菜，紫蓝迷幻的寸金
这些盛开在草原上的小草花，今天
在我驻村的山乡，一步一步，向我靠近

它们像七组的张云燕，二组的董永勤
像全村 282 个建档立卡贫困户
心和我一样，紧挨着脱贫攻坚的心

当下，正值云烟采收季
田地里，歇满了青衣大鸟
每一片烟叶，都是张开的翼

它们要驮着村民，飞离贫困
每一块骨骼，我都增涂了润滑剂

海拔两千多米的草坪，助飞过许多雄鹰
不用登高，我也能，穿越千山万岭

这一座座连绵挺拔的高山
仿佛，对我说着些什么
斑鸠在前方，飞飞停停，像是引领

深山响起天籁音
不再乱砍滥伐的森林
归来了、远走他乡的珍鸟稀禽

2020 年 8 月 4 日

扶贫路

穿过回族大营，往小石桥方向
便是北前路。一路弯弯曲曲
此行，为了 283 个建档立卡贫困户

因病致贫的张双玉，因残致贫的曹琼英
都需要精准帮扶

出二湾大湾，一路前行
就能抵达小石桥乡人民政府
来山乡驻村扶贫二年半
四组有多少人栽烟，五组有多少贫困户
不用查资料，我心中已然有数

这一路风光无限
美景，经常锁定我的双眼

上坡下坡，有直有曲

也有落石、暴雨，也有蜂蛇出没

仿佛我们的人生路

我喜欢这样的弯曲

它时刻警醒我们

什么时候需要冲刺

什么时候应该止步

2020 年 8 月 18 日

春耕

日子从来不等人，转眼已是四月天
村民们忙着收割豌豆和小麦
要给烤烟，腾出足够茁壮成长的空间

在没有更多经济产业的高寒山乡
烤烟，是农民一年中最重要的经济来源

栽种的工作精神经村委会
一层一层，传达到了地头田间

很多村民把闲置了一季的小铁牛
再次赶到地里，理墒、打田
像是在为晨起的女儿
梳理凌乱了一夜的发辫

村民头对尾地、用绳吊线
精心挖出一排小坑，像在筑巢

像张灯，喜迎新人

一切已经就绪
只待烟苗，翠翠地入赘良田

2020 年 4 月 1 日

梨花大娘

念着一群人，一个名字
从城里走到小丫口
不仅仅是工作这么简单

所有枯冷和凋残
都话赶话地，回到了老家、北极的北方

绿枝上，一只雄鸟在昂首鸣唱
我看着它飞入邻树，顷刻
一对鸟儿，欢愉飞离我的视线

青草像有了翅膀一个劲儿疯长
此时的小石桥，生机尽握手掌

麦子开始灌浆，心情随了穗
一寸赶着一寸绿黄

梨花满山盛放
这一场落在山乡的春雪
照亮了记忆中的江南

出门相迎我们的彭家大娘
手抬饭菜喷香的老土碗
深笑着，梨花一样

2019 年 3 月 21 日

入户小丫口

太阳忙着下山往家赶的时候
从地里，陆陆续续归来劳作的农民
收，是另一种进

我从驻村所在地出发
要翻过一座山
到新村小丫口，入户访贫

沿路全是春耕的景
烟苗从薄膜口探出头来
仿佛初生的婴儿

黑头翁的欢啾直击耳鼓
只有茂密翠绿的树林
才容得下这等清亮的声音

带刺的金樱子一路笑脸相迎

走出青松林，就是小丫口新村
那里，有 30 户贫穷的村民

圆亮的月慈善地站在云端
看着我，把坎坷的山路
一步一步走平

2020 年 5 月 6 日

雨后的阳光

细雨，自天空喷洒下来
轻描淡写的爱，被树伸手接住

这情景，让我联想到家中
那些隔几天便要浇一道水的花木

包括老天在内，我们每个人
心中都有一份潜意识的正呵护

比如被街上的一只流浪狗所触动
比如，见不得身边发生的每一点苦

恰到好处的雨，悄无声息地停了
验收完住房安全，我们
从建档立卡贫困户吴宝明家走出

细雨滋润过的叶片，阳光又在上面

均匀而柔和地，镀了一层膜

2020 年 8 月 25 日

每座山，都有一道登天的门

到二组小瓦房访贫，至少有三条路线
今天我们特意选择从后山入村

每座山都有一道登天的门
隐藏在重重浓雾后面

不止三叉叉藤，大部分树都若隐若现
而高傲的马尾松，一如既往站在路两边
像我们入山的守护神

这一路，有建档立卡户四分之三的农田
拖拉机是勤劳的开路人，早于鸟叫声

作为主要经济产业，今年长势喜人的烟
烤出来后大部分疤疤点点

而西兰花

被赋予了巧手回春的本领
再次鲤鱼打挺
以绝对的价格优势，昂首开在龙马山巅

生活就是这样
一半艰苦一半甜

烤烟已采收一空，勤劳的农民
又顺应节气，种下了豌豆

一排排烟杆被故意留在了田间
要成全豌豆，完成村民致富高飞的心愿

2020 年 10 月 21 日

眺望

在海拔 2438 米的龙马山顶
对着家乡的方向说句话
就能把远在新平家中的亲人喊应

我不止一次向双亲汇报
去年十一月二十五日
小石桥的村民，已全部脱贫

现在，我和慈母
站在 2061 米的照壁山上
眺望着生活了二十年的新平
身边，少了父亲

云聚云散，从来就不会事先约定

三十年前的土坯砖瓦，如今
已置换成了身强体壮的水泥钢筋

望过去，像一排排茂盛的原始森林

这些傲慢而冷漠的高楼大厦
在远远的城里，仰视着我们
像山腰上百米高大树
仰视山顶
一米三小草瘦削的身影

我还是一米七五的样子
比小草略高一些
今天有所不同，因为身边
站着强大而温暖的母亲

2019 年 6 月 25 日

深冬，一棵落尽了叶的梨树

如果站着也不能和你并肩璀璨

我索性坐下，借晚风一双翅膀

去西边山脚下，找到夕阳

宽慰他久难释怀的惆怅

然后竖起耳膜，遥望南方

倾听叶落之后

一棵梨树，对土地的全部情感

眼睛是相知的窗，再看一眼时

树枝，已挂满了星星月亮

以至隔着厚重的暗，也能清晰地辨出

星星深处的叶脉

和月亮在花香里愉快徜徉

此刻，我必须用对满树茂绿的神往

来关注你张牙舞爪的模样

并努力，顺着你枯瘦的指节

找到那一缕生命的绿光

惊异发现，荒野里静持的你
是这个冬天，唯一的脊梁

扶贫日记

风拽出大山深藏于心的水声
做成笛，吹给远在家乡的恩亲

深情的音符，裹携着生机
唤醒了茼蒿和蒲公英

除了 283 个建档立卡贫困户
来山乡扶贫，我还认识了山槐和倒提壶
认识了致富女能人周学萍

我时常梦见，我把一条宽马大道
从山脚，一直铺达山顶。并在路两边
排置了一众俊秀的翠林

这些树，是我入户
开展脱贫攻坚工作的日记
一朝植下，就要让他们年年长青

他们，也是上世纪五十年代

我父母到云南省新平县援边的脚印

2019 年 6 月 17 日

上山寻访老白花

我们选择了前人没有走过的路线
尽管这样，会有许多不确定的风险

此行的目标，是到 2000 米以上的山上
看一种蔷薇目、羊蹄甲属的花

杂草丛生是我们事先就预料到了的兼葭
砍不尽的荆棘，像一路和我们较劲的话

这一路，我有幸看到了开花的松针
听到了其他林子里，所没有的鸟叫声

可以肯定的是，野百合和珍珠莱蓬
在人们经常走过的路上，并不常有

而那，从古老的
圆柏骨节处，长出来的飞鸟状幼芽

第一眼，就令人兴奋

当攀登，手脚都有了些酸痛的时候
一树粉红白花，现身峭壁山崖

这便是传闻中、那种没有被完全驯化
好吃又医病的老白花了
医者李时珍，济世千年的神话

2021 年 3 月 3 日

忆建档立卡户老彭

阳光轻轻摊开经年的村寨

老房还在，蜂箱一如既往地
把身子藏在岁月的泥墙里
只留着一扇门，等蜂归来

土墙上的二胡，有些孤冷
年迈的木椅都有些焦急了
还是不见老彭归来
留一地音阶，在风中独舞

看得见屋檐下去年的雨迹
明白卡上
有扶贫人前赴后继的脚步声

巡山过大包山公墓
照片中的老彭

比我最后见到时还要精神

那群他喂养多年的蜜蜂
应是飞走了
外面，有它们更甜蜜的事业

2019 年 4 月 5 日

歌声

最后一茬西兰花，收于十天前
一地胎衣，仿佛言说着今秋不俗的收成

冬至以后，一山更比一山冷了
野豌豆花是唯一的暖色，开在田埂边

除了荒地里
蓬勃发枝的宽叶独行菜
看不见一个农人

那些紧致了一年的土，被小铁牛
一寸寸松开，理出的墒
仿佛产后，妇女肚皮上温情的妊娠纹

生命，总是在阵痛之后
一点一点，还原世界的本真

山野如此寂辽，呈现出许多可变
此刻，我突然莫名其妙
怀念起一些有声音的事物来

……梨树枝头
自由鸣唱的灰雀
……脱贫户朱家许肩上
农药喷雾器唱出来的、喜庆的歌声

2020 年 12 月 25 日

蓝图

群众的动员会才开完
老田就自己，率先拆除了新建的厨房

这个每个月拿着八百元工资的村小组长
又一次往胸口深处，挖割连着肉的心肝

村看村，户看户，群众看干部
在农村，担当作为，看的是榜样

应声倒下的
除了影响村容村貌的畜圈，还有几间
风雨再大一点、就有可能垮塌的泥瓦房

尘灰跳起来，在空中，做挣扎状
一场雨刚好路过，又把它带回山乡

老田率着乡亲们

把牛羊和拆下来的木料
统一安置到了
提前准备好的临时周转房

被拆除的，还有根深蒂固的
旧行为旧风俗旧思想

蓝图，在构建之前
都需要一次忍痛割爱的清场

2020 年 6 月 30 日

深冬，那棵酸木瓜树

所有春华秋实已褪尽

土墙后，那棵孤零零的酸木瓜树

犹如一个年迈的村民

蹲在风中，独自抗衡寒冰

大自然来去自由

一些水渐行渐远，一场霜

正下在隔壁玉苗村

听到风捎来青白菜幽幽的叹息

旁边，五厘米高的蚕豆长出了双翼

高飞的绿，托举着酸木瓜低垂的眉睫

这样的布局，让冬天

显得不那么无情

刺，高高昂起，向着高蓝的天

这种树，桀骜、坚韧

适应所有恶劣环境

仿佛山乡那些历经了太多磨难

依然矢志不渝热爱着生活的农民

过不了多久，这一树枯萎

就会满枝青翠

就会开红花、结黄果

轮回起新的一波、不息的生命

善果

每年的采收季，果农小张
都要给每一棵梨树，留上几个梨

除了圈养的鸡，小张的果园里
有多于其他果园数倍的鸟，飞来栖息

比如浑身药用的屎咕咕
比如毛色灰褐的斑鸠
有的甚至还是国家保护级别

去年冬天经过梨园，我以为
这几个挂在梨树上、不再采摘的梨
一定是品质出了什么问题

直到万物凋零，叶落尽
直到过了迁徙期，直到看见
梨园附近、那些依依不舍的鸟

我终于明白了小张的善意

加持了爱的梨果，能
帮助不会农耕火种的鸟类
扛过寒冬的凌厉

2020 年 9 月 1 日

梨树也睁着眼睛

风这么冷，梨树是知道的
他付诸了全部绿叶

在小铁牛抖松了一遍的
红土地上，长出了许多豌豆苗
让入户路上的我，心中一片翠绿

羽毛斑斓的鸟都飞走了
留在我们身边的，总是这几只
老朋友一样的丁丁雀
和空长了一身翅膀、飞不高的家禽

凋零和葳蕤如此相扣
这是小石桥今天的冬景

相比于此刻，被雪盖了帽的北方
山乡，有更多生机

当然也有，云南高原永远学不会的秘密

右前方，贫困户方永争的田里
郁郁葱葱。打开了花果的嫩白青花
是留在他脸上、关于幸福的写意

每一片青花叶都伸展着一颗
向外展翅高飞的心
梨树也看见了，枝头上那些分叉
是梨树、一直睁着的眼睛

2020 年 11 月 26 日

关于住房安全保障

第十片茶叶从水面滑落的时候
扶贫攻坚的文件，我读到第六页

读到"两不愁、三保障"
村子里的梨花，就开了
一树瑞雪

我们从单位请来资金，补漏、封顶
善一方屋，以确保外面大雨倾盆时
贫困户家中，不再下小雨

水达不到沸点，就化不开卷缩的茶叶
照片中，建档立卡户方美兰紧锁的眉
比往日，舒展了一些

沉底的茶叶，和水交融在一起
固守着驻村扶贫干部的点点滴滴

水汽带出茶香，袅袅，如檀香

一缕一缕

2020 年 3 月 3 日

靠近云松

为了离高尚更近一点
我再次上山，来到云松跟前

这棵五米高的松，个子中等
却是人类中的巨人

海拔 2400 多米
对大部分想要进山的造访者
已经形成了恐惧

心虚脚软是前症
更何况，还要路过一些
无人认领的坟茔

松针伸出带刺的手
摸了摸我的脸，像在辨认

他们都是这样

用疼，与来访的朋友寒暄

我喜欢这份诚恳

只有交好一世的亲朋

才会，直接亮出推心置腹的提点

2021 年 1 月 11 日

烧水的过程

烧水，我只喜欢最后
沸腾的那一节

所有水，被依次激活
顺着电的旨意，迅速集结
然后壮士断腕般，拼了命似的
朝着一个方向，猛奔

这情景，仿佛看到个场景
就想写点感悟的我们

冲出瓶颈的、有点创意的水
皆幻化成气，形而上地升了天

那些一味跟着队伍
人前人后魔性跑跑的水，最终
又回到了原点

动起来的水都让人尊敬
即便他们看起来一事无成。至少
曾经深怀理想，至少曾经
为了某个既定的目标而热血沸腾

有如那些
默默探索出了前路
不再让我们多走弯路的先辈们

2021 年 4 月 16 日

世界原本如此美好

我喜欢清晨醒来，还没有睁开眼睛
双耳，已灌满了鸟鸣

我喜欢天空蔚蓝，微风轻拂
飘走着几朵神仙云

我也喜欢雨，喜欢雷电
喜欢所有倾洒，都深怀春绿

我喜欢溪水清澈见底
偶有浑浊，也是为了鱼虾和蟹

我喜欢穿行在人挤人的菜市场中
让喧哗，抬高幸福生活的共鸣

我喜欢世界和平
喜欢一切不得而为的流血，都指向真理

我喜欢大家彼此善待、心平气和

多一些探讨，少一些争论

每一种语言，都发出正能量的声音

此刻，我喜欢看着山乡百姓

把一秆秆油翠的云烟放进烤房

又一秆一秆，抽出金箔一样富足的烟叶

2020 年 9 月 7 日

春天的日光雪

尾随我一路走来的风
提前一步，按响了山的门铃

追忆的甜蜜在于漫不经心
比如置身，这片郁郁葱葱的森林

阳光从树端倾洒下来
这些明亮的树叶，以及叶脉深处
水一样流淌着的阳光小径
是我所喜欢的

我不忙着去认识每一棵树
也不再偏执地，非要把每一件事情
弄得像白天黑夜，那样黑白分明

花叶间，翩飞的蝴蝶
在营造一种梦境

时光慢了下来

落英缤纷，是当下

光影中最浪漫的雪景

心愿

身在云雾中
还有什么不能看穿

2438 米的海拔
能形成有别于平原河谷
不一样的思想

来了些人，又走了些人
如此刻的雾聚雾散

应邀，新华书店的史总
穿过一身溃疡的北前路
来到小石桥彝乡

要帮助山乡人民建一个
现代化的乡村书院
这是史总和我共同的愿望

好让整天埋头耕作的村民
看到龙马山以外，还有更高的山

雨是昨夜的笔迹
停在青翠欲滴的叶上
通过鸟语，我读懂了花香

2020 年 11 月 5 日

答谢

要经历多少苦楚，才能够如此弯曲？

这棵从石缝中，一路磕磕碰碰

终长成才的老树黄梨

仿佛我们人生中的、又一次破局

骨节处，一块皱巴巴的老茧

标注着人生的不易，是日复一日

一层一层撺起来的不屈

梨树何曾计较过这些。依然在来春

该发枝就发枝，该茂绿就茂绿

犹如我们跌倒了千百回

又爬起来继续前行的步履

花开和结果，都是生活

对所有磨炼的又一次答谢

2021 年 4 月 8 日

屋后那片豌豆田

没有水从中撮合，红土也只能是干着急
散了架似的，东一撮西一撮
勉勉强强，拢着菜豌豆幼小的身体

梨树下，一些早春发出的根系
正日渐枯萎。有的，已失去生命

方贵所来到田里
扯掉呵护了烟树大半年的薄膜
腾空了身体的土地
需要豌豆，来中和一下胃壁

那些发过叶开过花的烟秆
农民故意留了下来
每一棵站立的树，都是登天的楼梯

稀薄的云，干吊着农民兄弟的心情

绒线已准备就绪

高飞前，豌豆，在等待一场好雨

2019 年 11 月 15 日

云烟

被点燃的，仿佛不只是烟丝

还有伟人们手夹着纸烟

冷静思考的姿势

从二万五千里长征，到一九九二年

深圳罗湖边那个春天的故事

我看到了中华民族

从弱小，走向强盛的历史

这一切似乎和当下小石桥

繁花似锦的云烟，息息相关

田间，青涩的烟叶

历经阳光反复着色后，已开始脱青

水红色烟花，高过了树的英姿

这节节拔高的长势

正是当下
小石桥人民日渐丰盈起来的日子

满田黄金叶，任老百姓批次捡拾

第二辑

行走在脱贫攻坚路上

签到

青山总是以曲折
考验每一个前来的人

至美，隐藏在弯弯道道里面
睿智的大山
知道要在哪个弯口，按下快门

太阳先我们一步抵达山巅

那雪一般、从山腰开到山顶的美
便是传闻中的老白花了吧
素雅的白，足以平息人间恩怨

高处，让山看到了海
让站在寒冷中的人，看得更远

气候时好时坏，而山乡自始至终

恒守着风清气正

让我们的每一次呼吸，都如饮甘泉

云雾时聚时散

脱贫攻坚的路，坎坷又遥远

走马观花似的，来了些人

又走了些人

我选择继续留在上面

纬度 24.4，经度 102.6

在云岭先锋的签到平台

我签下了今天，驻村扶贫的地点

播种

种在地里的，不只是烤烟
还有草莓和青花，还有农民
一年一季、关于丰收的心愿

所有杂草已分期清除
滴管眼对坑地，排到了田间
像在哺乳

每一株农作物都是农民的子女
爱均衡一些，就能保证它们
一生健康成长，彼此待见

家境好一点的，用薄膜
盖了一所所
可以随意调节冷暖的房间

云舒云卷

霞光，美艳了西天

这是一天之中，劳作最好的时辰
站在地球的中心，农民以锄头为轴
要把所有农事，逐一画圆

雨中行

雨于今早，一路跟着我
从城市来到山乡

美丽的雾，从山底升起
朦胧又梦幻
危崖上行走，我不能细看

迎面不时走来拉泥石的大卡
一个把不住，负重的车轮，就会打滑

我把车灯设置成双闪
蜗牛一样，沿着山道向前蹒跚

脱贫攻坚的路，还有最后一公里
来山乡驻村扶贫，我走了整整两年半

哪一道直行？哪一道是弯？

我早已了若指掌

抛开名姓，我也能
清楚识别每一个贫困的脸庞

山坡上，喝足了水的烟叶
正展开翅膀，呈振翅欲飞状

每一片烟叶都是一只高飞的鸟
看得见许多梦想和希望

我不由而然欢喜起来
欢喜这烟雨迷蒙的山乡

微笑着的水红色烟花
是这一季，小石桥最美的新娘

结缘龙马山

龙马山像个巨人，屹立在我正前方
有精美传奇故事的山，都令人向往

酒过三巡，拨月琴唱调子的朱老师
还没有把千年以前的传说讲完
原生态的山水诗，在古老的琴弦上流淌

四面环山，有"赛伯牙"助酒弹唱
这样的世外景，要几世善缘才能结得
溪水如禅音，贯穿我的胸膛

焦点，是不让任何一个老百姓再难
我知道今日之聚，百年之后
必将成为一段新传奇，被世人颂扬

来了些人，又走了些人
收音时，我看见朱老师的琴声上
龙马山，逼退了千年汪洋

清鱼潭

翻过这座最高的山
下到谷底
就是清鱼潭了

山路高低不平
把车弹起，又放下
要颠掉我们一身俗气

看不到边的平静停在眼里
清鱼潭
是群山怀中的一块碧玉

相传，一旦有异物入潭
陈枝或落叶
就会有神鸟飞来，衔离

这一点，神似我们的眼睛
容不下任何沙粒

或许是水满则溢？

或许，轮回下

聚或者离，都身不由己

凭我们的俗眼

如何看得透

清鱼潭高深莫测的底

就像川藏路上迁徙的羊

返程中，我们看见

数条清溪从前路接踵穿越

原来，多余的水

都流到了山下，恩泽四野

稻草人

这分明就是小瓦房的方永元
我持续地喊，他没有应声

一身农妆，双手一字排开
坚定地，守护着希望的农田

米黄色的衣袖随风摇摆
帽檐下的嘴角，仿佛还叼着一根云烟

走近了，我才看清
这是比照着真人、做成的稻草人
没想到竟然如此逼真

我抬头望了望，三五只谷雀
站在不远处的梨树上
谨慎地看着，不敢近身

听雨

雨从昨晚下到今早
像一个期盼已久的老友
提前来到

欢喜的不止烟农彭家会
也不止田里
被晒得昏了头的烟苗

所有焦虑、烦躁
统统软了下来
化身成雾
轻飘飘地，搂着山林的腰

我就这样静静坐着
在雨的对面
聆听他细细碎碎的说道

树上，带水的樱桃

圆润而俊俏

静享着天地恩赐的所有美好

2020 年 4 月 24 日

巡大包山

梨花开得都有了些倦意
山心里，那些与世隔绝的圆柏
黝黑的脸上，才挣出些微绿

沉寂了一冬的红土地
最终还是被铁牛，理出了些头绪
细看，像盖着红头巾的新娘
在等勤劳的山乡汉子，前来耕耘

穿过农田，就到了大包山
娇艳惹火的百脉根，活泼可爱的报春
这些健康的山乡姑娘，一路相随同行

唯恐惊扰了山茅草的春梦
我稳健的步伐，轻而又轻

树端上，鸟的欢叫声跳来跳去

如果不把杂念放下，如果不侧耳
就别想听到，树木下众草拔节的声音

风提起我们攀高的心意
至美的老白花
盛开在更高处的悬崖峭壁

旁边，山核桃发出了邀请
幼芽，正长大成鸟
每一棵树，都有一颗高飞的心

报春

闰月在老皇历中打个滚
春天，就醒了。世界一片碧翠

穿过小瓦房，我们来到小丫口老村
去年那些牛羊
一见面，就喊出了我们的姓名

沿途都是花开的声音
粉颜带笑的迷蒙，歌唱着的山龙胆
各有各的风韵

婆婆树前，建档立卡户老代
把眼，眯成了一条山溪
皱巴巴的脸
是那一亩三分，长势良好的豌豆田

彭家大娘笑脸相迎

明白卡上，看得见许多
从贫困，走向富裕的背影

有一些嫩黄迷人的小草花
我虽然叫不上名
但我知道，年年岁岁
她们都这样美丽着山乡的风景

山前，那一朵朵
比太阳还热情的金黄小花
我知，叫报春

雨中访贫

大雨之后，城市仿佛冲了个凉
放眼望过去，一片生机

此刻，我们行走在
海拔 2000 多米的小石桥二组小瓦房

除了满山秀色，雨水也把鸡屎羊粪
一并带到了我们行走中的路上

稍不注意，这些被雨水软化了的土泥
就能把入村访贫的我们，滑倒在地

有一种美丽，只宜远距离欣赏

公房后第二排的董永金
大水井往上、第三排第一家的方贵留

这些平时只有到了田间
才找得到的贫困户，都不约而同地
待在家里，仿佛知道我们今天要来访贫

一亩田可以种辣子 1400 棵左右
新一轮西兰花播撒前
最好用猪粪，先往土里打一层底

和农民真心交朋友，就能清楚知道这些
雨天，是我们入户的最佳时节

2020 年 11 月 2 日

走在一段正在修建的新路上

从纸墙的一个缺口进入
我带着小狗丁丁
在没有竣工的路面，走来走去

下午六点，工人们都吃饭去了
丁丁和我，如入无人之境

除了路中一段三个的坑，和路边
斜挎二五地、歪躺着的一些铁制工具
已没有什么还需要担心

沙石和土泥烩成的路面
柔软而富有弹性

没有喇叭声，没有斑马线
这种心不设防的路
只有我驻村扶贫的山乡，才有

路的尽头，边宽已砌好
站立的告示牌上
写着这段路下个月正式通行

我的脑海，顿时
涌现出往日柏油马路上
人来车往的喧闹场景

除了红绿灯，在你追我赶的大城市
有谁，会主动让谁先行

我如此眷恋、又带着小狗丁丁
在这条全封闭的半成品路上
反反复复，走来走去

像重读相知的书
像，反复观看喜欢的电影

2020 年 9 月 3 日

长了老年斑的妈妈

斑，是不是老的体征？
今天在妈妈的手背上出现
看着，让人心疼

仿佛深秋，那些草地上
飘零的叶，比秋黄，比秋深

这斑，封存了多少青春？
可以换算多少、如花似玉的年份？

我们的妈妈，正在我们的成长中老去
一如，在孩子眼中日渐年长的我们

老去的妈妈，絮絮叨叨。心心念念地
把我们，固定在长不大的童年

依然每天起早贪黑，忙里忙外

从来，不把自己当老人

依然在每天晚饭后的固定时间
致电远在山乡驻村扶贫攻坚的儿子
表达挂念

休假回老家，我特意数了数
妈妈手背上
那一块块深褐色的斑纹

不多不少，刚好是
从幼儿长到壮年
我们的，每日、每时、每分

2020 年 8 月 1 日

爱

化肥已从烟站领回

育苗盘里，一棵棵烟苗

像刚出生的婴儿，扬着油茸嫩绿的脸庞

趁着太阳将落

和天色尚亮的这一段大好时光

方美兰把好心人帮助她

打出来的地，顺着烤烟的生长需求

一排排理成了新生儿房

这个说不明白话、听力二级残疾的脱贫户

独自一人，用勤劳

庇护着城里读高中的儿子

和远在哈尔滨某大学求学的姑娘

检查站门口，护林员老代一番解说

我才明白，那在树梢和田地间

飞上飞下的屎咕咕妈妈
并不是，因为山外来了客人而喜欢

右前方，云松的最高枝
不断传来雏鸟们饥饿的啾啾

谁都不简单，包括
从二十多公里的城市
来山乡驻村帮扶老百姓的我们
包括此刻
正挥汗锄地的方美兰
全天下的父母，哪一个
不是一生都在为子女奔忙

2021 年 4 月 21 日

采菊

从小瓦房的背脊一直往前
后山的腰上
一簇簇金黄小菊，把寒冷点燃

在山里待久了，草木都成了山
除了纯朴善良，都有些倔强

不知什么时候，我也沾染了山性
路稍微走长一点
双腿就像吃了发水腌菜，特酸胀

同行的村干部说
采些山菊晒干，入沸水
就能去湿热、排风寒

回到驻点
我，搬回了一座山

冬天在水里
开成一朵朵菊黄

2019 年 1 月 23 日

行走

小石桥到小丫口，三公里路程
从一条土路到一条公路
很多人走了一生

到山乡驻村开展脱贫攻坚
我走了二年
青涩的山木通，素雅的火棘
一路走来，都是亲戚

田边，野茼蒿在静静开放
一身健康绿，与世无争

花丛中纷飞着蜜蜂崇尚自然的声音
花香里，一群苍蝇和马蜂窜出窜进
对春天喋喋不休

城市尾气碰撞着山乡的洁净

所有，都不妨碍我的眼睛

愉悦牵手人民。明白卡上

行走着，一个扶贫诗人孜孜不倦的足迹

有如小草通过阳光和水继续

任何形式的行走，都是要让生命

和健康没有距离

寻找水源地

正午时分，阳光太烈
庄稼百般无奈，不得不收回
于清晨伸展开的手臂

顺着龙母菁河往山心更深处
我们又走出了好几里
水源点，是此行的目的

烈日捆绑着丛林
故意不让一丝清风
向求索者靠近

借助一路上不知名的杂木
我们在山中艰难攀行

一转弯，就迷失了偶遇的山溪
这点，类似我们的人生经历

爬到山顶，我们还是没有
找到传说中的那段水流
汗水像脱缰的小马
从发孔，一个劲往外奔泻

回头看看，这一路
我们代替雨，滋润了久旱的山地

盛夏偶遇阴雨天

入户经过贫困户老彭家烟田，我看见
昨日还耷拉着头的烟，露出了笑脸
晨光，被紧紧锁在云层后面

在这个把生鸡蛋放在地上
片刻就能烤熟的炎夏
有一丝清凉，便是最好的遇见

抱成了团的云，离我们越来越近
仿佛湿透的毛巾
随手，就能扭出一把水来

芒种之后，农作物迅速拔节
这个时候若下雨
对农民而言，就等于下钱

我第一次，如此欢喜
久久，盯着这乌云密布的天

入村访贫

不远处传来犬吠声
—听就知道，村里来了外乡人

去年初我来山乡驻村
每次入户扶贫，手里，总握着一根木棍
不知道：放养的狗，都不咬人

一年又八个月，如今
风见到我，已不再陌生
没有村干部引路，我也能
找到每一户贫困的门

村口那棵成年卫矛，弯着身
仿佛要替我收缩风冷
从土屋里
走出来满脸慈祥的彭家老人

爬在屋前晒太阳的大黄

见是我，一声不吭

闭上了猛然张开的眼

尾巴摇两下，算是欢迎故人

2019 年 12 月 9 日

狼烟

我尽力收紧脚趾，这样
鞋子就能，把住结满霜冰的地面

相关部门正在统计灾情
昨夜，寒霜冻伤了蔬菜翠嫩的脸

我要赶在天黑之前
到建档立卡贫困户董永金家中
探问损失，顺路
看一看他那片正在茁壮发青的豌豆田

正前方，不知谁家的田中
至少三五处，升起一团团浓烟

村里的老人说，这是祖辈传下来的经验
燃一堆烟火，就能抵御寒霜冰冷

小石桥不是幽王城，山乡没有褒美人

冰霜持狼心，怕暖烟

狼
烟

2019 年 12 月 12 日

入户建档立卡户老方家

树梢传来喜鸟欢唱
阳光身披希望，出现在前面山上

飘落的松针，呵护着刚出土的鲫鱼胆
有一些草黄，便有一些草长

这是冬天上午十点的早晨
那些辛苦了一年的锄犁，已上房休息

建档立卡户老方家的灶上
蒸着一年劳作
空气中，弥漫着幸福的香

小菜两千，烤烟、青花共五万
院里小跑的三五只土鸡，也能分担着
日常生活的一部分账单

泥土墙上，编织精美的苞谷串

是小姑娘健康活泼的发辫

年画一样漂亮

包了角边、稳固了房梁的土木老屋

一览无遗，看得见国家最贴心的温暖

2020 年 10 月 5 日

都和水有关

从打磨山到大屁股山

所有能找的地方，我们都翻了个遍

水像冬眠的蛇

一夜之间，消失了身影

满山都是干渴的树林

雨没有现身之前，老天故意藏起底牌

所有生灵，张望着干巴巴的眼睛

乡政府在工作群中

发了提前屯水和节约用水的通知

为留住保命的水

老树黄梨卸去了多余的枝叶

草莓种植户小李

把薄膜的衣领，紧了又紧

我尽量减少方便的次数

每次冲水，都感觉有一棵青松

枯死在我面前

2020 年 8 月 12 日

最好的同行方式

这一点可以肯定
前进的路上
不是我一个人独行

路边的花草，挺拔的山林
影子，对，还有影子
这么多年来一直紧随左右
今夜，在靠后的位置

九天之上，明月拧亮了身体
照着每一寸黑
指引，是另一种同行

小匙状的北斗七星
不肯把身子拉直，他用弯曲告诉我们
人生，就是这副蜿蜒的样子

总是这个点，远居老家的母亲

打来亲情电话，问候在山乡

开展脱贫攻坚工作的儿子

这是全天下，最好的同行

2019 年 7 月 17 日

雨后入户羊歇窝

过往的车辆，再无尘可绝
风拂面而过
空气中，明显少了闲言碎语

这是雨后、霞光中的小石桥
每一粒沙土，已被水牢牢握紧
路面软实而紧致
我们入村，步履十分轻盈

阳光和花紧随后行
远景斑斓如画。青山和白云
一层一层剥开彝乡风情

因干渴而日渐消沉的旱烟
被重新唤醒。青花昂起头
展望不远便将到来的丰收壮景

路边，那一树火棘
有从绿到黄至橙无限芳心

从羊歇窝的山上望过去
炊烟穿堂入云
霞光如笑容，紧粘着村民的脸

一句经典老歌突然涌上心头：
革命人，永远是年轻

2019 年 12 月 19 日

心中，那一方未曾冰封的河域

心口打结的时候，我就会
来到龙马山以南的水边
水流声，能冲开越缠越紧的痛点

三天以后就立冬了
现在，大兴安岭以北的许多地方
已是一片雪原

绿色和花，被统一刷白
方圆几百里，已没有更多
可以倾诉的河

看着是冷，在不分青红皂白
一点一滴封锁水上水下所有尘缘

其实，是造物主故意给大地
留足了休整和思考的空间

路旁草垛中，突然传来鸟叫声
仿佛某种提点

此刻的世界最清白
顺着脚印，就能见到心中的人

2020 年 11 月 4 日

山上，那些朴素的小花

从小石桥乡政府侧后方走上去
有一条小路能够直插山顶
弯弯曲曲的羊肠道，我一路走走停停

非体力不济
沿途的花，一路把我吸引

花开金灿的土黄连，白里透红的青刺尖
一台叶刺一台花，都深具药性
这些带刺的花，仿佛在告诉我们
每一种盛绽，都历经了苦寒和艰辛

还有野木棉、铁线莲，这些一到深冬
就满头花白、和颜悦色的小花
像极了一生为我们操劳的父亲母亲

在山里行走，一阵来风

就能荡尽心中所有不快之意

兼容，这兴许
就是大山博大仁爱的胸怀吧
不管什么时候来，各色小花
都会快乐无忧地
陪在你身边，满山遍野

2020 年 3 月 2 日

入户小景

入户二组小瓦房
路过方永玉家
一条昆明犬，突然窜出来

明显不是在相迎
它步步向前、虎视眈眈的样子
像在对侵入领地的我们，进行辨识

幸好老方家女儿及时跑出，才避免了
人与狗之间，没有道理可言的比拼

天这么热，就连草木
都窝着一些躁动的因子

因残致贫的老彭走在前面
镜头和现实之间
隔着一帘山水

美景，一直在寻找相知

雨在我们走到方美兰家时，下了起来
天上的水，倒映着火棘花的前世

能说出来的，都不是苦
从建档立卡户方美兰脸上
时刻洋溢着的笑，我读懂了
一个哑女，双手来回比画的意思

2019 年 5 月 22 日

相遇山乌龟

能从身体里长得出钱币
这前世，得有多富贵

小石桥街头，卖山货的老张
反复向我介绍，这个他拿出吃奶的力气
才从箐底，弄上来的山乌龟

据说，山乌龟是植物界的活化石
因为历经了亿万年风吹雨打
所以容貌才这般丑陋

枝条上的叶，十分佛系
有经济学，和几何学的美

老张总是，把菜地里采收的小瓜、干豆
和山乌龟摆在一起出售，以至
我数次路过，错把山乌龟，当成了土豆

今天，阳光滑过山乌龟

在我眼里，划出了一道绿色的光辉

是不是所有相遇，都在等一个绝佳节点

比如今天，相遇这只山乌龟

凑近看了看，这个植物界的糟老头

浑身上下，全是生命的出口

2021 年 6 月 9 日

穿越密林

寻水源，我们向大山深处挺进
路渐行渐阴，直至周围的那些大树
拉起手，垄断了山林和天景

为了不迷路
我们紧紧跟随着当地乡亲
步步挪行

不时有荆棘，伸手来拉扯衣裤
除了云松和解放草
很多杂木，我们都不知道姓名

有一些面熟的，我只知道
归属漆科或蕨类
就像我来山乡扶贫以后认识的那些村民
一个姓后面，都跟着无数个近似的名

一处被踏得平平坦坦的山坡平地

绷紧了领路人敏感的识别神经

他告诉我们

曾有一群大型野兽，不久前在此地宿营

山野不止有美景

危险，常常潜伏于眼睛看不透的丛林

学着乡亲的样子，我们猫着身

竖起耳朵，睁大了眼睛

一个紧挨着一个，小心翼翼、匍匐前行

水源没有找到，而我们每个人

已累得满头大汗，仿佛刚刚遭遇一场雨

返回，是天黑以前我们唯一的选择

在我们精疲力将竭时，祥云

从天空拨树顶，为我们开了一道天门

我一下子就认了出来

前面不远，树林与光的衔接处

就是我们当时进山时的路线

散落着许多小彩石

走出大包山后，我们直接回到了驻守地

而我的心跳，久久地，留在了山里

穿越密林

117

学开挖掘机，我也要报名

文书朱小康通知
乡上组织培训，学开挖掘机
我突然心潮涌动，也想报个名

正值午饭时间
大家七嘴八舌，话语不停

小明说技多不压身
多一门手艺多一项苦钱的本领
小新说学会了
以后就开着挖机去成亲

我说算我一个
话在风中，没有人呼应
我知道大家以为我拿他们穷开心

老艳的说法最带劲，学会了开挖机

以后有拆零拆危的活，就不必再求人
直接开过去，一挖机扫平

我知道老艳是担心，美丽乡村的巨舰
隔了夜，会不会
又在思想斗争的海洋里沉沦

2020 年 12 月 24 日

建档立卡户曹琼英的草锅盖

一般人都是在绣布上飞针
建档立卡户曹琼英，在草上走线

我们总是喜欢繁花似锦的春天
并常常感伤，那些雨后凋落的红颜

十一岁，正是花一样的年龄
病魔，夺走了曹琼英奔跑的少年时光

当很多人健步如飞的时候
曹琼英拄着一根山木，在山区艰难挪行
这一拄，就是五十年

这样一个早年致残、中年丧夫的弱女人
放在旧中国，早已死了几百遍
党的恩泽，是曹琼英嘴角上翘时
那花开一样的笑脸

不好意思再给国家添负担
曹琼英决定自己动手，编织美好人生

她从山上找来草
用线，把它们结成连心的圆

每次入户，我都要特意看看
她家小方桌上的锅盖，织到了第几圈
每一圈，都连着幸福生活的源泉

这种被称为"云南十八怪"的草编锅盖
在南方，在我们小时候
家家户户煮饭都用，十分普遍

比起风行当下、水汽直喷的钢材锅盖
草锅盖，能分流出多余的水
把食物的所有秀色，完整地锁在锅里面

我们工作队员每人向曹琼英买了一个
党校挂钩小石桥的聂剑波老师看见
发来微信，请我帮她代买

我说一个要 80 块钱

她坚定提出，要付给曹琼英 130 元

我知道这是聂校
要为贫困户的幸福生活
再拢一道漂亮的花边

第三辑

拔出身心里的『贫』

建档立卡户方美兰

2438 米，这样的海拔
显然不太适合牡丹

唯有火炭母和倒提壶
这类不修边幅的小花
才压得住，龙马山的高狂

进风景区观光的人来来往往
都怀着一颗牡丹的心
没有人关注，田间
有一枝褪色的小花，在悄然绽放

她不是某杂志封面的高知女性
也没有"全国十大母亲"的光环

方美兰，一个哑巴母亲
用躬耕的姿势，托举着

在陕北求学的女大学生，和
城里孜孜不倦的少年郎

开裂的高原红
美过了全天下所有脂粉

2019 年 11 月 5 日

夜访一个贫困户

月光是今夜的手电，照亮我们入户访贫

沉重的老式双开门，仿佛某种眼神
睁开一条缝，注视着过往路人

习惯性地，我们先喊出声
门缓缓打开，门后
是满脸蚯蚓纹、八十高龄的张大婶

没有月光同行索引
客厅里的物体，是非分辨

熏黑的顶梁，仿佛张飞不修边幅的脸
苍蝇屎密密麻麻
遮住了白炽灯想要张望世界的眼

除了一台不知哪个单位捐赠的彩电
空旷的堂窝
让我们感受到了什么是掷地有声

骄傲的苍蝇，在脸上头上飞飞停停
这个紧搂着水烟筒蹲在松木凳旁
连挪都懒得挪的男人
就是建档立卡贫困户孙小二

悲观的凳面，已挤不下更多灰尘
孙小二用力吸一下，烟丝就动一下
忽暗忽明的烟火，是今夜堂窝里最亮的灯

脑子上长了些问题的孙小二媳妇
一直用夸张的余光扫描我们
床上，躺着一个刚满月的婴儿

这个全中国最小的建档立卡贫困户，睡态香甜
床头，堆满了国字号的奶粉、纸尿片

三个低保，是建档立卡户孙小二一家
一年的主要收成

走出门，月就瘦了

那被夜咬去了三分之二光亮的月

太像今晚，怅然若失的我们

2019 年 12 月 1 日

夜访一个贫困户

脱贫攻坚路上

春天迅速统领了山乡
给每一棵树，都配了件翠绿色新装

打田，理墒，排渠，一切已准备就绪
坐在一生守护着希望的田埂上
老方点上一根烟，提振一下疲惫的脊梁

是到收工的时候了
风，邮来饭菜的喷香

此刻，我们正从
建档立卡户老彭家走出
刚刚谢过彭家大娘，和炊烟的盛挽

山坡上，肩扛铁锄的老方
和驼着晚霞的老牛
是夕阳下，最美的图案

脱贫攻坚的步伐紧贴着每一寸土壤

老百姓幸福的笑靥

和土墙上挂着的苞谷串一样饱满

路旁，一只鸟自草丛中飞起

看得见草丛里的鸟巢

熟睡着一个个待孵化的蛋

这只被惊离的鸟，没有飞远

她站在前面的树梢上

好好看着我们，要怎样

对待这一群承继着使命的新生力量

前方，月初排下种子的农田

在曦光中高高挺起胸膛

像婚后的小媳妇，明显有了生命的迹象

2019 年 4 月 15 日

生命是一种光合作用

幸好党委政府帮每个贫困户
提前灌满水，吃饱喝足的烟苗
才扛住了
这些天大太阳持续不退的热情

生命是一种光合作用
给盛夏一树瑞雪
炎黄，就会长出新绿

对接爱心企业，我为每一个
立志通过栽烟改变贫困面貌的
建档立卡户，协调来了硼和水溶有机肥

读着一个个贫困户脸上
接过捐赠时幸福的笑，我的心
翠翠地绿了

从中心城区到小石桥，有二十三公里
脱贫攻坚的路，我走了三年又三个月

有诗和远方，谁还会在乎
路程的遥远，或崎岖

2020 年 6 月 8 日

生命是一种光合作用

访贫困户彭春梅

从她眼中，我仿佛
看到了一大片希望的天
仔细一点
才看清了，这是收割一空的麦田

难不成这便是书本上所描写的虚无？
她叫彭春梅，小丫口的建档立卡贫困户

早在满眼春绿的少年
医生就为她，贴上了二级精残的标签

如果不是了解在先，谁能想到
眼前，这个好手好脚、脸色红润的女子
会持有当今医学界无法征服的病症——癫痫

她笑着，很纯真，有些腼腆
苦，就藏在心里面

像龙马山上，花开美丽的土黄连

"社会保障兜底一批"
无疑是这人世间、最甘甜的清泉
滋润着每一棵单薄的花草

访贫结束时，我把彭春梅叫到身边
请她儿子，为我们拍张照片
身后的红砖房，笑红了脸

2020 年 5 月 1 日

访贫困户彭春梅

龙马山，游来一条水鱼

暑至中，无雨
进化了汗腺的大黄，瘫趴在屋阴下
伸着大长舌，喘不停歇

过小瓦房，穿越树林山丘
就到了民族广场
九百九十九级阶梯能直达山顶
一路标注着爱情

山坡上，野蔷薇半开半合
喀斯特地貌，留不住私奔的雨

说好的约定，终因玄冥天务缠身
又推迟了一个星期

建档立卡户忠宝意外添丁
让政策兜底的担子，又重了一些

谁又能指责一个婴儿的降临

兴许，这是孙家从此走向幸福的转机

小石桥天空之城，离天一百五十米

蓝天上，看得见闪着粼光的云

仿佛一排排悠闲的鱼

正顺着龙马山，游进老百姓庄稼地里

2019 年 6 月 17 日

竹意

穿过琅琅书声
往小石桥中学左边小路走进去
我遇见一片竹林

新绿阔大的叶已被采去
端午节将至
村民要用它来、包裹有节气的米

喷香不仅仅来自粽叶
还有山水之于竹、崇高的敬意

谁的人生不是厚积薄发，全世界
只有一只猴，能够一跃十万八千里

在没有破土之前，竹用四年时间
把根，向地下延伸了数百米

这是凌云之于壮志
最贴切的答谢

竹，以成长感恩遇见的范例
影响着各个领域

比如金榜题名之于十年寒窗，比如
摩天大楼之于根深蒂固的地基

2020 年 6 月 23 日

花叶到果实的距离

春夏之交，没有一棵树是安静的
风动了所有人的胎气。包括树的芳心

枝叶乱颤，故意不让我
为最后一朵花，留下倩影

那些嫩绿的叶芽，正在阳光中
脱胎、换骨、变色、升级
魁梧的树仿佛身披盔甲
每一片叶，都是一块铁，亮着金属的坚毅

落红，虚掩着千年前的军戈铁骑
一些花幸存了下来
成为幼果，和枝条紧密连在一起
果须，是自然法则下胜出的旗

公路一侧，土路正被规划

我们从老远的城里赶来，为土地
置办新衣，就是要让贫穷接近小康
让山歌，和世界没有距离

一切都将被岁月改写
我紧了紧城市的衣袖，按心中的路
向建档立卡户老方老彭家，快步走去

2019 年 4 月 18 日

花叶到果实的距离

扶贫，是赠人以玫瑰

比如用一个故事，打开
紧箍着幼龄儿童聪慧的那一层脑膜

昨晚，在村委会三楼大会议室
我掏出了全部推心置腹的话，要在这场
以"自强、诚信、感恩"为主题的活动中
解开贫困户思想上有些生锈的锁

夏天的太阳起得早，还不到八点
小石桥村委会便民服务大厅外
就停满了各种微型面包车和拖拉机

我正往外走
一声清脆的"老师好"，把我叫停
不远处，站着因眼疾致贫的孙家成

这个平时很少言语，走起路来像过山车一样

高一脚低一脚的建档立卡贫困户认出我
并喊出了如此亲切的声音

来山乡驻村扶贫二年多，第一次
有贫困户给了我"老师"的名
这尊称，如清风扑面
我知道是昨晚的主题宣讲，有了回应

他后面，站着周学见、张云燕、方永争
看我的眼神，那么崇敬，那么柔和
犹如寒冬入户时，那一盆
熊熊燃烧在贫困户家中、暖心的柴火

2020 年 5 月 28 日

聋哑香美牵牛花

入户，我们来到小丫口孔维昆家
大门依然紧闭，门侧
蓝色的建档立卡标识牌上，落满了朝霞

孔维昆、施婷婷
两个年龄不满三十的山乡青年
一个聋，一个哑
搭手，书写了不平凡的爱情神话

雷电劈得断大树登天的枝
却斩不绝，凡尘中小草争春的芽

驰骋化工上班的孔维昆
工作于兴伦纸业的施婷婷
携手走出山乡，在城里筑建了幸福的小家

九岁的孔垂湘，是他俩的娃

说着一口流利的普通话

返归途中，只见
一身翠绿的松树上，牵牛花绽放
仿佛是云松、开出来的奇花

顺树而上的一朵朵深紫、水红、素白
无需开口，香美，飘满了天下

聋哑香美牵牛花

胎记

太阳已返回山心，劳作的农民
陆陆续续回到了家里

往村子第一个岔口左边走进去
第三家，就是建档立卡户小彭之宅居

炊烟冲出屋顶，腾起云
残垣断壁的土坯房
仿佛闷着旱烟、年龄尚轻的彭家春

似乎风再大一些，就能
吹倒老房巍巍颤颤的身躯
颓圮的墙体，是贫穷的胎记

今晚入户，是来告诉小彭
按照农业科技公司老师所传授的
施好肥、管好地

一亩增收 1000 元，就不是什么问题　　　　　　　　　胎
　　　　　　　　　　　　　　　　　　　　　　　　　　记

比白炽灯还亮的，是室外
那一轮当空的月
把前行，一寸一寸照明

小彭送我们出门，又一路笑着
送出了几十米

这笑
是幸福，写在脸上的胎记

　　　　2020 年 6 月 22 日

鸡鸣狗叫

来山乡驻村扶贫的四海同志说
他已经很多天了，没能
安然无扰地，一觉睡到天明

隔壁不知谁家的狗
一到夜晚，便叫个不停
听老一辈说：人看不见的，狗看得分明

而看似生物钟已经紊乱的鸡，准时
在凌晨四点，开始打鸣

这显然不是一般人家的禽
有着一般家禽所不具备的觉醒
即便睡着了，也睁着眼睛

相比之下，来山乡扶贫
两年多，我走村入户

遇到的，全是友善的家禽

比如老彭家、来回奔腾的鸡
比如方永争家、激动地摇尾迎宾的狗
都说着感恩的话语

2020 年 7 月 3 日

鸡
鸣
狗
叫

科学帮扶

磷钾也都一起按了进去，烟，反倒长憨了
朱勇摸着头，想不明白这到底是何缘由

"比如一个十分饥渴的人
你又让他，吃下了重盐食物
那会是什么结局？"
"施肥如用情，分寸得讲究"

高级农艺师小姚点开 APP
从移栽到施肥，说透了每一个细节

察看科技帮扶结果
随着张云燕，我们再次来到烟田里

健康的烤烟，认识我们似的
又是摇枝又是摆叶
翠翠绿绿，仿佛青春美少女

农艺师小姚掏出科技笔

往烟地里，这边插插，那边插插

兴奋的样子，就像淘到了黄金

这情景，让我想起了

村委会便民大厅里，那些每个月

从省外某农科院寄来的信件

收件人，是小石桥羊歇窝七组张云燕

内生动力

此刻的小石桥晴空万里
寒冬时节，阳光是最好的馈赠

朱勇的面包车才开到交易市场门口
收菜的老板，便蜂一般从四周拥围过来

车兜里，粉白带霜的西兰花
是今天早上，初初醒来的小美人

自从娶了媳妇，建档立卡户朱勇
就脱掉了懒惰的外衣

那块沉睡了多年的土地
也随着他，一道醒来
满面红光地，站在春天面前

采收完西兰花

朱勇又在蓬松了身子的土地上
种下了烤烟

每一天，朱勇都仿佛
被打了一剂强心针
原来，遇对了人
娶妻成家，也是一道脱贫的门

2020 年 12 月 7 日

领着羔羊穿山越岭

六月的雨很任性，从来
就不听从天气预报的号令

一分钟前还晴空万里
一分钟后，山乡已是遍地白银

天气再狡黠，也难不倒周大姐

城里的女人都随身携带雨伞
建档立卡户徐大姐，只有一袭蓑衣

这身与森林同款的装束
具有超高亲和力

仿佛挂在头羊脖子上的铜铃
引领着羊群，漫山遍野追光逐月

在没有路的山里穿行，不仅仅需要胆气
除了入口，你必须知道走出山林的路径

每一棵草木都是路牌
在金丝梅前转弯，还是顺着云松前行
牧羊的徐大姐，早已谙熟于心

树撑开阔大的伞叶
为行走山里的人，挡住了风雨

2020 年 6 月 29 日

公益岗

村里的公益岗，都按照
脱贫攻坚工作精神
落实到了建档立卡户身上

老张的主要工作，是每天
把过往车辆泼洒在路面的沙石
清扫至路旁

在山乡，一路都是风口
要把这些，风随便动一下身
就能带走的沙石打理归一
做起来，真的很难

距扶贫驻村地十里外的山沟沟
有个采石场，方圆百里
谁建盖高楼大厦，沙石，都从这里搬

货车司机都把车斗，堆成了一座座山
这几乎已经成了运输行业的潜行为
似乎不超重，就没有钱赚

水满则溢，每次
拉沙石的车辆一经过
就有许多载不下的，洒落在山路上

这些细小的沙石
像豌豆，像助行的轮滑盘
一个不小心
就能把过往的轻型车辆滑翻

在扶贫的北前路上，每天
我都能看见，穿着荧光服认真工作的
建档立卡贫困户老张
他扫去一路落石，扫出了一路平安

公益岗

贫困户"教授"老方

最冷也是最考验
高寒，成就了小石桥豌豆的
最鲜甜

顺着龙马山景区路走上去
右上方一公里处
就是建档立卡户方贵付的豌豆田

当很多人还在为
今年的烤烟收成而扼腕惆怅
老方又一次
把希望的种子播进了田间

花开时被虫害误了身子的
基本卖不上什么好价钱
心眼弯弯曲曲的
也不是太招人待见

唯有这种，一直正直到底的豆
才是蔬菜市场上的榜眼

说起这些，老方像换了个人
仿佛来自农科院的教授
身后，仿佛是他
倾注了多年心血的实验田

给烟花评个奖

如果脱贫攻坚工作表彰科目中
要设个最佳绽放奖,我一定首推烟花

你只需看一眼满田金黄
就知道烟花,有多么香甜

在艳阳当空的高寒山乡
花开喜灿的烟花
是村民们幸福满满的笑脸

一排排烤炉,像一个个储钱柜
金箔一样的烟叶,一匹匹挂在里面

入村访贫路过烟田,采收一空的烟地里
笔直的烟秆,依然保持着胜利的队列

从分叉处,又开出一些水红色烟花

她们一如既往，高昂着美丽的头

我喜欢这种高傲
它守护了全村人民、大半年的丰收

2020 年 10 月 17 日

给烟花评个奖

夭折

如果一切顺利，半年后
这只腿脚良好的牛崽
将满载希望，健康着陆

也必将，成为如它母亲一般
毛色光亮的牛。幸福感十足地
在田中自由耕犁

曲折坎坷的山路
颠脱了小牛、从娘胎
走向世界的最后一口气

建档立卡贫困户曹琼英伤感地
看了看因流血过多而虚脱的老母牛
看了看地上、自己倾斜的身影

仿佛过早掉落下来的

是自己精心怀揣了数月的孩子
仿佛流产的，是曹琼英自己

天折

2020 年 5 月 25 日

春之芽

疑似枯死的枝，于今早，缓过神来
凑近一点，就看得见了
枝条的骨节上，微绿的生命的光

风也不那么冷了，时速在明显加快
所有小麦呈倒伏状，像恭迎
又仿佛，田野里默默躬耕的村民

土地被从头到尾翻了个身
窃衣，苦苣菜，百脉根，报春
一切有生命的东西都在暗自拔节

我点开档案，把已经脱贫的
90 户 281 个建档立卡贫困户
重温了一遍

一些种子已经发芽，一些农作物

开出了灵动的小花

冬将逝，接下来，就是春天

春之芽

根源

有些贫困，源自母体

有些贫困始于人祸，残疾过早地

折断了方思锦想要搏击长空的双翼

有些贫困，遗传自基因

有些贫困突发于身体

病魔像小刀，一刀一刀

削弱着李小月追求美好生活的能力

也有扶不上墙的泥

比如三十出头的孙小二

三个低保，是他们一家的主要经济

扶贫先扶志，为鼓励好脚好手的孙小二通过自力更生过上好
日子

我们驻村工作队员，没少费心思

我甚至动用私人关系，帮他
在城里，谋了个不伤脑筋的差事

当我特有成就感地找到他时
他的一句话，差点让我上不来气

"我现在有媳妇有闺女，吃穿国家兜底
何必还老远远地跑到城里去卖苦力"

2020 年 3 月 5 日

长在海上的西兰花

小石桥是退潮后的海
站立在 2438 米的龙马山上

一朵西兰花，以珠贝的形状
证实了人们
关于龙马山，与海的种种遐想

大海有取之不尽的宝藏
留了一朵花，给小石桥彝乡

近海捕鱼，靠山种地
勤劳的山乡人民
用养贝的心，栽种西兰花

建档立卡户方永争告诉我
只要天时地利人不懒
八、九元一公斤，一朵二、三两

一年下来，基本就能
脱贫致富迈入幸福小康

在身披水晶银霜的花叶上，太阳
又均匀地，涂抹了一层金光

西兰花的叶，是翻卷起来的波浪
正在还原，五千年前龙马山
那片富饶无边的汪洋

2020 年 11 月 12 日

长在海上的西兰花

充满生机的土地

土地从来没有空闲的时候
即便，在寒冷的冬季

新修的扶贫路右边
就是建档立卡户朱家许的地
栽种什么，全由他自己拿主意

我们到时，老朱把护胎的药
一遍又一遍，均匀喷洒到田地里

青花已开始怀孕
微微凸起来的内核，有樱桃大小
分娩，看来只是个把月的事情

不远处，上了架的豌豆花
朝我们，伸出诱人小舌
在这个万物渐渐复苏的季节

谁又掩得住芳心

冬尽就是春，不久的龙马山大地
又将迎来一场盛大的爱情
老朱笑着告诉我：每一朵花
都是身怀六甲、硕果累累的母亲

2020 年 11 月 9 日

充满生机的土地

小丫口

这里山清水秀
一到春天，千树梨花尽绽
老村，就穿上了一件缤纷的银装

小丫口是小石桥地界上
紧靠着龙马山的老村
在挺拔了众多松林之后，身型已经松软

星罗棋布着鸡鸭牛羊等家禽粪便的路面
常常，令脱贫攻坚的脚步难以安放

那东一排西一窝，残垣断壁的老房
是九十高龄、弯腰驼背的代大娘

似乎风再大一点，就能
推倒巍巍颤颤的身板

易地搬迁的号角早已吹响，更多村民
搬到了政府规划的安全地方

小丫口

还是有那么几个老人
搬出去又偷偷折了回来
他们习惯性地选择
陪着悠然起居的猪鸡牛羊

做工作的干部鞋子跑烂了几双
这些年迈的村民，固执地要以这种方式
守护着祖祖辈辈传下来的梦想

美景，从来只宜远距离欣赏
老村小丫口，是村规民约身上
一段隐隐作痛的盲肠

中秋烤烟香

日近中秋，夜长了
而月，变得越来越圆、越来越亮

此刻的小石桥，最是繁忙
都下午 7 点半了
许多村民，还顾不得做晚饭

大家把白天采收回来的烟叶
按照专业烘烤师所授
两片一列，井然有序地编在竹竿上

充分吸收了热量、又散得开水汽的烟叶
烘烤出来，才会更金黄

在建档立卡户老彭新建的烤房里
我看见，那些刚出炉的烟叶
黄金饼一样，散发着中秋节的香

这一片片金黄喜人的烤烟

是小彭的学杂费、老彭一家的主要口粮

比饼甜，比月亮

2020 年 9 月 26 日

姓名

"提箩"，是山里人给任天沛取的诨名
这个从本省更穷的地方倒插门
落户彝乡的建档立卡户，看着像个猴精

今天他主动向我靠近，因为
我当着他的面承诺会积极办妥的事
经过多方协调，现在已经搞定

前天，从州城往返小石桥山乡
的公交车，已经正式运行

周末和周一，他再也不必
为接送在城里读初中的儿子
而放下所有农活
开着一身是病的改装摩托车
在崎岖的山路上下穿行

为此，上级交通部门
有几个领导，有几个兵
哪个科室负责收发文
哪个部门拨资金
我一楼一楼，摸了个清

把我真正当成了朋友的"提篓"，告诉我他哥哥当年学习成绩
全县第一名
因家里没钱，兄弟姐妹一大堆
只能忍痛放弃理想，返回家中当农民

从他放着光彩的眼睛里，我看得出来
这小小人精，但凡家庭条件好一点
整不好，早已有头有脸定居北京

人在世上，有时候，得信命
尽管"任天沛"三个字听起来
像金庸先生笔下、某一位大侠的名

同事告诉我，乡党委政府为开通公交车
举行了隆重的庆祝仪式
宣传美篇里，没提扶贫驻村工作队

我笑了笑

山乡人民从此下城回村安安全全
这比什么都行

除了泰山之巅的迎客松
百年垂柳，千年古柏
有几棵有名有姓？

2020 年 11 月 5 日

注：任天沛，彭春梅的丈夫。

艾灸

老中医伸手一搭，就
号出了地表的体温
健康和病患之间，隔着一根草

无常的岂止人生
有直不起来的腰，就有
不按意志行走的脚

一觉醒来，我的脖子就僵了
老中医说，烧死艾
就能驱逐一切妖魔鬼道

医院里，好人不多，病人不少
过道上
挤满了艾，和各式各样的煎熬

我有点怀疑，这一小根艾

179

真能灸出
千百年来根置于人们内心的病灶?

看了看卧在床上的自己
一半在诊室。一半，在山道

2019 年 7 月 12 日

挥之不去的乡愁

那些
替村民们承担了风霜雨雪的
干松木、瓦片、泥土墙
现在，支离破碎地
躺在我面前

山乡拉响了
乡村振兴启程的汽笛
拆除村里巍巍颤颤的老房危房
是抵达幸福门的第一站

尽管蓝图一片春色，看得出
不远处，那个站在废墟旁
神情幽幽的老农，还是有些不舍

这里头
有山乡人，挥之不去的乡愁

2021 年 4 月 25 日

贫情分析会议

寒风逼不退一颗颗向美的心
放下一天的劳作疲惫，乡亲们又冒雨
精神抖擞地落座会议室分析贫情

全国统一脱贫的日子，定在年底
小石桥村五组从此走上脱贫致富路
这是今天会议的主题

三五只鸡，那是前几年的统计
当下的小石桥人民
早已走出了缺资金缺技术的岁月
让土地长出金银，已不是什么传奇

喜获双胞的吴秋萍，把既有技术
又能吃苦的外地女婿
连人带户口，一并整到了村里
全家人过上好日子，只是时间上的问题

先天重症的王增贵，后天残疾的王增辉
都有强大的祖国母亲全程兜底
不让一个中国人再贫困
这是中国共产党人持之以恒的追求

最冷冷不过、山乡雨后的深秋，而此刻
小石桥五组的贫情分析会，冒着热气
包括村党总支副书记谢周菊在内
每一个参会人员的脸上，一片春意

屋外，灯光下的雨，是暖蚕的丝
又把山乡贫困百姓的蓝图，密密编织

旗帜

连响鞭炮，炸破了山乡的沉静
规划了美的方向，阵阵传来
挖掘机一点一点挖掉贫穷落后的轰鸣

这是一次科学指引的破旧
这是一次脱胎换骨的立新

在编织锦绣之前，党委政府牵头
带领村组长，去了一趟马房村

这个抚仙湖畔、曾经破破烂烂的小渔村
以党建引领
换上新颜，火火地登上了学习强国 APP

去年假期，我带九旬慈母出游路过
就曾经，被这个美丽的新农村深深吸引

母亲和我，在花海和新楼
簇拥下的党群服务中心门口，合了个影

美不美？看一看母亲脸上开心的笑
就能够判定

村口，一个衣着整洁的老大爷
说他是马王村的原住村民
说当时真愚昧，为保住
自己强行搭建的一小窝茅草房
差一点，就和工作组的干部拼老命

住进了宽敞明亮的小洋楼
才明白过来，从一开始到现在
这些共产党人，都是全心全意为了老百姓

参照物，再一次发挥了超强说服力

宜居生态的新愿景
正一项一项，走出图纸，落户彝乡

水上公园，是这十多个
乡村振兴愿景中的画龙点睛

和风撼动山林，云松猎猎
仿佛小石桥彝乡，正挥舞一面奋进的旗

霞光作了打底色，看得见天上
闪耀着五颗、最亮的星星

2021 年 2 月 26 日

第四辑

山乡，有如歌的诗眼

拯救蝴蝶

我来回往返三次，都小心翼翼
拥挤的过道上，有一只小小的蝴蝶
昨夜，循着灯光，来寻找爱情

从草原，翻越山丘，最后来到这里
心怀一个梦想，坚信灯光后面
就是家园，更有花的柔情蜜意

不料想，被灯光后面的墙，撞倒在地

夜黑看不见。天亮后，夺目的黄
在告知每一个过往的步履
冰冷的水泥地上，有一只迷失的蝴蝶

我只能保证我的脚不踩下去
这世界，有太多收不住的心
蝴蝶，她哪里知道这些

还好，月亮和太阳，正办着交接
很多脚步，还沉睡未起

我轻轻抬起这只娇小的蝴蝶
放到一棵粗壮的树上，紧靠着枝叶

这落地的翅膀
有了平台，就会有高飞的转机

采蜜

冬天有了点春意，这得归功于
小石桥街上，那一排水红粉嫩的冬樱

花香闯进人群，花树下
有人在逐花，有人在取景

蜜蜂直奔花蕊，后脚上
看得见一坨坨、黄金一般灿亮的蜂蜜

这是新年后的第一天
建档立卡户老方家姑娘，被邻村
一个有识有为的青年欢喜迎娶

鞭炮和歌舞声，盖过了蜜蜂的嗡鸣
盛开的冬樱花，和新娘一样美丽

贫困的格局被瞬间打破

老方的腰杆，比平日直起了好些

我点开贫困户动态管理系统
对照资料，一字一句，认真完善着
日益向好的脱贫攻坚基础数据

2021 年 2 月 14 日

彝乡唱晚

青石板回放着老村旧碎的时光
过母亲树，从第二个路口转进去
就见到了彭兴陆

这个年轻时活跃一方的文艺青年
现在，斜靠在比他还要老的竹椅上
类风湿关节炎，折断了老彭的音乐翅膀

除了一台土灶，一个火盆，一张床
右墙上一把落满了灰尘的二胡
吸引着我的目光

提起音乐，老彭如墙角
那堆杂乱而干枯的柴，被瞬间点燃
隐隐作响的骨关节，是《二泉映月》的咏叹

老彭告诉我们：正宗的野生蜂蜜

都是香甜中带点酸，这
就是生活本来的模样
他无限感慨：政策越来越好了
但凡有点力气和梦想的，都步入了小康

蜜蜂在屋外应和着，演奏了起来
这是老彭安装在墙面上的音响
蜜蜂悦耳的嗡嗡中，我
听到了老彭关于音乐、永不泯灭的梦想

2019 年 8 月 23 日

枝头，那几片不肯放手的叶

历经相遇，开花，结果
现在的龙马山
比任何时候都要平静

仿佛中年之后
我们当中，一部分人的婚姻

风也漫不经心
从哪里来？要到哪里去
看不出用意

无言的白茅，和把刺开成了绣球的鬼针草
都让人捉摸不定

右前方，一颗身型驼背的梨树
把我吸引
一地腮红，昭示着某段曾经

树枝上，仍有几片瘦成了木乃伊
也要紧抱着枝肩的身躯

再凋零的树，也有几个
不离不弃的朋友

为伊消得人憔悴，说的就是
梨树上、这几片痴痴迷迷的树叶

2020 年 11 月 9 日

晚秋，小石桥一隅

叶开始翻红，在
小石桥的眉翼，形成丹霞
仿佛一个先哲
穿过亘古的河，来到山丘

从山顶往下看
大地陆续腾出秋的胸襟

青花已尽数采收
田里，农民三三两两
像在收拾残局
又仿佛
是为下一拨丰收，开渠

蝉声不断，从盛夏
一直追到秋
此刻，盘踞在我耳里

持续的欢歌，沸腾了

山乡寂静而至美的诗心

2019 年 10 月 10 日

赏雪

很多人驱车前往山顶，说去赏雪
我来寻雨，寻凝固前的那一份诀别

我知道很多水分子，在成为雪之前
都很欢快，日子都过得晶莹而流淌诗意

要怎样的伤害，才能让人彻底死心！
雨成雪，历经了从零上
到零下、情感一步一步沉陷的变节

一些人在打雪战，有一些人，在堆雪
击中对方的雪，炸开皆大欢喜
用心堆雪的人，最后，把雪堆成了自己

在龙马山顶，我看着这纷纷扬扬
从天而降、身负原罪的雪
心中，下起了小雨

2020 年 9 月 2 日

美，美在自然

在龙马路上段的人行道上，在我驻村
开展脱贫攻坚的小石桥村委会门口
一排排冬樱，开出了春光

花开娇艳，却没有多少人
因此而久久驻足
拍照、流连，甚至往返

这些被排列出来的美
失去了大自然、原有的本真模样

仿佛丢失了灵魂的诗句
仿佛，已经不再坦诚相待的爱

而在云南大理、野性十足的
无量山上，那些东一棵西一棵
毫无规则地生长着的、脱俗的美

让每一个，从天涯海角
慕名而来的人，都为之震撼

还是同一种冬缨，一样的姿色
错落在扁核木与来江藤共生的山野之中
一切，已俨然不同

鬼针草

带刺的花都贤德如妻
比如鬼针草，只默默地粘
深爱，无声无息

刺，不是用来攻击
因为遇见，便全心相许
包括命，毫不保留

名字中带鬼，以至
每一个路过的人，都下意识地
和鬼针草，保持着心理上的距离

鬼针草可不管这些
在坡上，在原野，在我们
途经的路旁，无忧拔节

也不比艳桃，或者翠梨

鬼针草

一直以来，都是鬼针花自己开自己的
灿黄的心，镶着白边，像浓缩的菊

曾经很不起眼，甚至被摒弃
当下，鬼针草在城里人
餐桌上的供不应求

听说味道不错，还诸病包医
于是涌来四方食客，争先恐后
只取最嫩、最鲜，最绿

一碗青春烹煮的汤，可以
化腐肠，减臃肚，通淤积

鹦鹉，说着小石桥乡音

刚走出小石桥村委会大门
我就被一声熟悉的问候叫停

独特的声音，来自樱花树上
一只说着小石桥方言的鹦鹉

这只上午还在乡政府食堂门口
吃着早点
不知什么时候，飞来这里

很多鸟，一生只有一种口音
鹦鹉，和谁亲近，便与其共鸣

没有人考证过这只鹦鹉最初的母语
养乖了的鹦鹉，喜欢到人群中
走来走去

看看人情世故，听听闲言碎语
兴致来时，也学着说上两句

也没有谁去深究，这只鹦鹉
是什么时候，自己解开了脚链

我知道天黑之前，他就会飞回驻地
与人同心的鸟，不需用框框条条锁定

2020 年 2 月 28 日

蒲公英

我们来到时，蒲公英正在盛开
黄色的花盘上，标满了路的指针

每一条路都是进山的门
如何走，看你选择什么路线

正午十二点，一天中最正气的时辰
蒲公英抬起头，扬着太阳般的笑脸
像是早已在此等待

越高寒、越精神
这朵开在海拔 2438 米之上
独行独立的蒲公英，
要顺便提振一下
我们这些心情忐忑的入山人

一阵风过，蒲公英向着更远处

理想的方向，又挪了几十米

看着，似乎是风，在拆散人间美丽
更多生命，借风，找到了宜居的位置

十大功劳

题记：十大功劳，别名木黄连，遍长在云南玉溪红塔区小石桥乡山上，性寒，味苦，有滋阴清热、解毒等功效。

从龙马山往南，山上
诗意的午后
一小片黄
就盖过了所有天蓝

这姿色，沉甸甸的
像深秋丰收的景状
我喜欢这样的花
要开，就成串金黄

更喜爱花下
那长满了锐刺的叶
爱憎分明，敢做敢当

不为蜇伤路人

要守护人间这一束至美

持久盛放

2019 年 3 月 14 日

时光

从村委会走到彭家祥的旱烟地
一般人要十五分钟，我不多么急

山丘上，谁家的豌豆花，早早地开了
东一片、西一片，如此显眼

酱紫色的花朵，拖着一条小长尾
原来，是山野里自生自灭的贼小豆

那些低头赶路的人
终还是，错过了眼前

旁边，一排露珠立花尖
锁定了百脉根
初秋，润在水里面

这是雨后的第三个早晨

紧握着水分的小路，紧致而缠绵

只有心无烦绪的人
才有缘看到这份初秋里的春天

日光把我的影子一寸一寸拉长
龙马山也跑了过来，站在我身边
仿佛谁都未曾老去，比如这些时间

　　2020 年 9 月 9 日

时
光

安居

选择一棵树，在它身下安居
阳光和我，保持着一树叶的距离

蝴蝶从远山飞来，不为树下的人
树叶守护的深处
一朵花，开得有些诡异

不是花
那是一群年幼的山楂
抱成团，紧紧站在一起
坚硬的果核，像是在为昨日花炫
举行一场日益成熟的告别

我轻轻扒开一片树叶
阳光就走了进来

我没有惊动蝴蝶

在幼果虚构的花上，她好惬意
我不忍心，打扰她幸福的迷离

2019 年 4 月 26 日

安
居

路过铁线莲

入户走过小丫口，感觉被什么
轻轻拉了拉衣袖
回眸，是一枝已花开多日的铁线莲

她太过平凡，在坡地，在路边
在我们路过的很多地方，常见

我们已经习惯了她的出现
走过路过，不会刻意多看一眼

就像习惯了，每天上班下班
回到家又忙着为我们洗衣做饭的女人

她是香的，旷世，稀释了她的体征
今天特意走近，方得品闻

还有华西小石积

匍匐在地上的倒提壶、百脉根
要么活血化瘀，要么祛风除湿

这些每天围绕在我们身边的花花草草
原来，都是些深怀灵性的人

来来往往这么多年
我们已经习惯性地、视而不见

2020 年 2 月 2 日

路过铁线莲

时节

很多人家在赶收最后一茬豆田
清明节一过，土地就得交给烤烟

小丰收，圆了豌豆
对豆花许下的誓言

像军车满载坦克日夜奔赴前线
一大早，双排座小长安
就拉着农耕机忽忽赶往山乡田间

春头打田，春尾理墒
时节，是每晚睡在山乡汉子身边
知根知底的女人

写着写着，雨就来了
雨里，有我们所有人的前世今生

每一棵草木，都是山乡的孩子

会在下一个时节，以青翠，报答遇见

时
节

　　2019 年 4 月 5 日

　　后注：今日我们扶贫工作队按乡、村两级安排开展护林防火工作，雨迟迟不下，土地一片干涸，人畜和山林都有些烦躁，正值清明，全国祭亲，也加剧了护林防火压力。雨始终会来，土地，也终会迎来生机。正写着，雨就来了，好兆头！

取舍

题记：生命源于传承，这多亏了蜂蛹、种子、土地！硕大甘甜的果实，得益于勤劳的修枝剪叶，得益于对花果科学的取舍。

果园里，飞舞着蜂蝶
那是一个动物王国
对植物最甜蜜的事业

从一朵花到另一朵花
蜜蜂，用其娇小的手脚
勾起粉，完成了
精子对卵子的万千情义

青枝上，茧吐故纳新
选择这个负氧离子充沛的早晨
唤醒睡梦中，神秘斑斓的羽

现在，所有目光
聚焦清花修果的农民

他修掉繁沉的枝，剪去遮阳的叶
仿佛在割蜜，又仿佛化蝶

被剪去的，还有正在盛开的美丽
多余的花
误了果实太多丰硕的追忆

2019 年 5 月 17 日

老白花

越往上，路越艰辛
一些叫不出名的杂草
手脚并用，要挽留前行

让开了黄泡，让不开荆棘
仿佛某些流言，经年的枯刺，冷不丁
就突破了裤子的戒心，刺痛神经

当汗水渗入伤口、艰险把意志
磨得见底的时候，我们走到了山巅
一树娇艳，开在面前！

是不是非经深山老林，登悬崖峭壁
才能目睹这人间惊艳？

这不是烟雨江南纱帘下的那份俗粉
更不是塞外风沙里高傲的飞雁

老白花

我一直惊叹于她的脱俗
绛红色花边，分割开美与丑的界线

像深爱着我们的女人，在高寒的山乡
守候着寒门，一直没有变

2019 年 3 月 20 日

瘾

梨树落叶的时候，就该种小麦了
土被全身翻捡了一遍，露出红红的心

这个时节的小石桥，田里都有劳作的人
山里，都是待孕的土地

空气中弥漫着农家肥浓烈的气息
这是山乡惯抹的香水
只有深爱青山的人，才能适应

而我一直喜欢事物简单一些
不添加更多元素，比如钙或者磷
面对眼前这一片草
最多来一句：绿油油的

我想，只有这样
才不会失守，相濡多年的诗意

癌

一边余霞红满天，一边闲云渡飞雁
如今的我
也学会了欣赏这样一些别致的景
不再揪着陈芝麻烂谷子的事情，和自己较劲

比如现在，独坐山顶
怀想那些健康成长的麦粒

更多的时候，我会再走近一步
把心翻过来，读一读那些
曾经行色匆匆、脉络交错的路径
比对一下诗歌，或赞美爱情

一些树叶正随季衰老
一些生命又开始发青
上了点岁数的人，渐渐
养成了怀旧的瘾

2019 年 11 月 5 日

山外来客

夕阳落入西边的山谷，溅起满天红霞
傍晚的龙马山，是一幅多姿的油彩画

彭兴德摇醒沉睡的铁牛，正准备回家
山道上，驰来一辆银灰色宝马

铁线莲从鞍叶羊蹄甲背后探出了头
这山里长大的娃
没见过甲壳虫竟然长得这么大

车窗突然打开，一男子向我询问：
云雾深处，可有宾馆下榻？
副驾上，坐着一朵报春花

我指了指火棘果红透的方向，算是回答

2019 年 8 月 1 日

蕨

比甲骨文早几亿年的文字
写在背阴的坡地
这非凡的蕨，一直将身份隐匿

人们更看重它翠嫩的茸角
开春，这是一道美味佳肴

没有谁愿挖空心思，去考证脚下
这片曾经水意十足的海，以及海中
昨日的水母、今日的蘑菇

没有人深究，这漫山遍野的蕨
退回到亿万年前，是如何展示媚术
牢牢抓住了鱼虾和蟹。嬉戏、繁衍生息

如果静下心来，狂野的风声里
还能听得出些波涛

松花，是进化了千万年的海胆

除了劳作时、农民额头跌落的汗珠
如今的小石桥，已很难找到一滴咸味的水

形同标本的贝类
从地下刨出，又被随手丢弃

唯有蕨，完好如初地活了下来
揣着古文明，和山茅野草混居一室
故意不让世人识别

2020 年 4 月 1 日

飞蛾，赴的是月

每一种动物都有执念
比如蛾追月
至死，也不罢休

蛾，是脱干了水分的雪
在山乡、在次日清晨的太阳能灯柱下
白皑皑一片，常有

纯白的身躯，像爱的祭祀
那场景，让人肃然起敬

灯光是黑暗里的月
织一颗柔亮的心
今夜，再一次把蛾吸引

从四面八方赶来的蛾
争抢着，奔跑着

向着光亮的方向，飞扑

从楼上看下去，密密麻麻的
仿佛是，月在灯光中，下起了雪

2020 年 1 月 1 日

中国以南

老天才松了松肚皮
中国以南，四川成都
已是一片汪洋

这水，显然不是来自
南海观世音那济世的净瓶

他奔跑着，摧毁了庄稼
冲倒了农房，身带敌意，肆意汪洋

视频里，那个湍流之中
巍巍颤颤站在木板上竭力求生的女子
如今是否安然无恙

狗呢？那只与洪水顽强搏击的狗
是否，依然守护在女主人身旁

而在同一个中国以南
云南滇中玉溪的龙马山上
雨化身一口琼浆，情意绵绵地
滋润着持续干旱了许多时日的村庄

前几天还忧心忡忡的西兰花
翠翠地抬起了头
看着贫困户彭家春幸福满满的脸盘

在雨和肥的里外助力下
云烟，大部分高过了我的肩膀

这一片片当家的烟叶
硕大而润肥，像一张张
印成了百元大钞的人民币

东边日出西边雨
说的，是当下中国以南

2020 年 7 月 20 日

山槐

一枝独秀，说的是牡丹

山槐，在老百姓的房前

在坡地，在溪边

比翼双绽，人称山合欢

龙马山的大美引来四方造访

高档汽车绝尘而去

护林防火检查站的登记簿

一个不漏地记住了

进山的有几个老板，有几个跟班

小瓦房的代兴有说

别看城里女人个个把嘴涂成红山茶

没有一个

比得上我美丽天成的婆娘

这让我想起儿时的电影《刘三姐》

想起了那个

火棘果一样性格鲜红外向

名叫婉秋的广西姑娘

大部分美丽

不是看外貌长得怎么样

山槐花开，讲究成双

像小丫口羊肠道上

搀扶老伴前行的 80 后彭家大娘

就连夕阳

都羡慕老两口相携驼行的陪伴

比如马利筋，比如牛蒡

比如倒提壶，比如川续断

在山乡

每一朵花开

都很漂亮

2019 年 6 月 6 日

家园

太阳还没有完全醒来
酢浆花懒洋洋地，收着美丽的翼

连同著、朱唇、雄黄兰
把所有单个的多个的花瓣，种在一起
春天，就该来了

我还要再往土里
加上一小撮农家肥
让生活，更充实、更茂绿

这一片充满了生机的彝乡
不就是当下，蓬勃着我们的家园吗
我也是一株植物，绿油油的，长在其间

生命，皆缘于脚下
这片血一般黏稠鲜活的热土

仿佛是从根部，一直无私无畏
紧紧拢着我们的父母

家在，希望就在
走遍天下，我们都是有归宿的人

2020 年 1 月 12 日

生命

高温在持续，此刻
土地也错会了太阳的意。手伸下去
抓起来，就是一把滚烫的沙铁

龙马山的肌体迅速干瘪
喀斯特地貌，留不住一滴经年的雨

一片片缺水的烟苗，皱褶又憔悴
枯卷的叶，仿佛刚历经一场生离死别

有伤害，就有拯救

千里之上，白云在拼命
吸食着来自四面八方的水蒸气
想尽快把自己，变成一个肥胖的水球

不屈的农民，把土地中拢起来又

陷下去的那部分，再次拢起
并用脊梁挡住灼烤，又植下新绿

如果拆开一横一竖，水就能从天而降
我愿身闯万卷书，去词海中，请出雨

四滴水，承载着生命的全部玄机

2019 年 5 月 14 日

龙马山石林

葳蕤的不止草木

还有龙马山上，这一排排

树一样苍劲的石林

上古的石头，是这片红土地的原住民

它们甚至老于树，没有人知道确切年龄

当地人介绍，这些长成了树的石头

先于他们祖辈，很早就已在此定居

岁月再一次，见证了团队的实力

抱成团的石头，高于树林

很多树相继枯老、死去

龙马山石林一直长青

千百年来，一直这样巍然屹立

也不知是什么时候？谁走进过石林

将其中，一座身型俊秀的石山

取名"山楂树之恋"

以此，命名他们纯粹圣洁的爱情

2020 年 7 月 29 日

龙马山石林（二）

2400 多米的龙马山
在云贵高原，算中等个子

之所以出众
是因为，山有奇石

走近了才发现
这些与云松和古柏
齐肩共生的，是一片石头林

总有路过的鸟，飞来栖息
长时间共居一山
石头，也有了树的秉性
坚韧不拔，正直无私

脉络间，看得见茂绿的叶
和粗壮的枝

不分四季，有雨无雨
龙马山石林，都一样默默拔节
像土生土长的山乡原住民

金发藓见证了所有
包括脱胎换骨，包括斑驳陆离

2021 年 1 月 31 日

勇敢的月

月亮是勇敢的
她在世界一片漆黑的时候
亮出了自己

星星也是勇敢的
看似闪烁其词，但主旨鲜明
比起那些
始终缄默不语的神，要有胆气

在相隔九千万公里的人间
我刚从贫困户陆忠才家访贫出来
热情的柴火，还燃烧在心里

蝉声从盛夏，一直追到今夜
在万籁俱寂中独鸣

一圈红云，蒙住了月亮的眼睛

同行的村干部说

月亮打伞，天要下雨

2020 年 10 月 28 日

山石上，盛开着景天

每一棵树都紧绷着脸
从哪一条路入的山，我已无法辨认

回头望过去，云松和清香木肩并肩
遮住了我们的从前

美景总是出现在
你拼命攀爬到要想放弃的那一瞬间

一丛矮个子金黄色小花
盛开在我面前，仿佛是太阳
贴在大青石上的笑脸

她的叶脉上，有
山乡人民一样厚重的老茧
看得见许多瓜果和香甜

长在石头上的花

都有一颗坚韧不拔的心

我查阅了一下，知道她叫景天

这一朵肤色同我们，惊人一致的花

有太多和我们相似的一面

像二组的彭家会、五组的张云燕

清风阵阵，直入发根

并通过毛孔直达心肺，打通了任督二脉

一路登上 2000 多米的山巅

我竟然，一点也不觉得疲倦

2020 年 12 月 2 日

第五辑

所有花开，都朝着乡村振兴

坚守和展望

这是 2020 年最后一晚
史无前例的脱贫攻坚战，将于今日收官

零上 6 度，是此刻
高寒彝乡小石桥的体温。风带着冰霜

而在小石桥四组公房，热气腾腾
21 岁的小代，正喜迎新娘

大规模的农事，暂时停了下来
幸福感，绽开在每一个
从左村右组相约而来恭贺的村民脸上

对面的陆忠才，小丫口的代兴有
松木四方小桌前
端坐着很多贫困户熟悉的脸盘

见到我，大家都递过来
只有看见亲朋时、才会亲切流露的目光

身穿印有某电器厂家宣传图片厨围的
建档立卡贫困户彭家会，是今天
东家请来的帮忙的人中、最得力的厨男

在猪飞了起来的市场经济年
彭家会的圈，又有一批猪宝宝出栏
家庭人均收入 6000 多元
老彭，终没有辜负所有力帮

浓雾中的山乡，如梦如幻
边角处，看得见一片片茸蓝
预示着接下来的日月，又将是无限灿烂

经度 102.61，纬度 24.44。
在"云岭先锋"签到平台，我签下了
一个驻村扶贫干部对脱贫攻坚
自始至终的坚守，和
对乡村振兴工作最美好的展望

山音

阵雨洗刷尽纤尘。大山的一部分精华
揉进了，白花溲疏的腼腆

叶的背阴处，那些久缠于心的难以释怀
终会在向阳的一面打开

有风出入。砍了又发的，还是沟边
那些不太引人注目的水马桑

用心走过的路，在我们脚下
又开始柔软起来
仿佛人与神，再一次相认

汗水滑落，鲜活了沿途的一朵朵小花
金樱子、野葵、婆婆纳……
每一份绽放，都像是在报答

风提前赶来报信

山是有灵性的吗？当我这样自问时
思想跃过树梢，追上了流云

没有一种形态是永恒的
包括溪水和草木
花开也不可信，她看起来像幻境

山火偃旗息鼓后
林子里的味道，充斥着毁灭
而我看到了重生

电视上，北方的雪
一层层刷白我们的眼睛
天气预报中，没有提到雨

我想说的是
春天已行至山下

而我们总是后知后觉

风怕我们失去耐心
一次又一次，用力掀起窗帘
提前赶来报信

指路碑

巨石立于村口，已经许多年
像一个痴痴等待着的人

岁月在它身上，刻下了太多皱纹
如果你一直都在，一直在它的身边
你就会知道，它的每一道皱纹
都是一道有故事的门

来来往往的蜂蝶、飞飞停停的鸟雁
没少在它身上，留下粪便
粪便中的种子，发了芽、开了花
花开花落无数年
要等的人，却一直没有出现

身边的铁线莲，怜惜它孤冷
便每年春天
第一个将素心小白花，开到了它眼前

指路碑

感动于它的执着，村民们在它心口的位置

大模大样，写上了村子的名字

除了以示纪念，要让每一个来访者

知道这一村，都是有情有义的人

傍晚，城市一角

和谐共处的一幕，被
身处高楼俯瞰的我看见
画眉鸟，机警仍在，却已不再像十年前
那样一见到人来，就惊飞起

事物太过于平常
城乡接合部，高楼之间
一小块农田，和几只飞来飞去的鸟
又怎会引得起走过路过的人们
更多的注意

这一块，已经纳入城市规划
目前暂未建设的空地，栽满了
花开碎白的韭菜、笔直挺拔的玉米
和高出了撑竿的豆荚。勤劳的中国人
善于在每一块土地上，种植希冀

青山绿水，已不仅仅是山乡专有

现如今，不论什么时候？

走进哪个街区？

你我，都能在花香鸟语中相遇

城市正在返青

早市上，村民菜篮子里

那些被从山心里飞来的画眉鸟

啄去了菜虫、斑斑点点的健康蔬菜

是城里人的最欢喜

我不知道，这块被高楼大厦

越挤越窄的菜园子，还能存在多久

但我知道，在这片富饶的土地上

不论种瓜种豆种高楼，都是

要让老百姓的日子，一天更比一天甜蜜

风向

如果不是停下脚步，就嗅不出
小雀花深藏于舌尖下的异香

风穿过薄柔的清晨，停在我脸上
这久违的抚摸，火辣辣的
仿佛田野里，一生守护着麦的穗
轻轻，扎痛每一个不经意的造访

走累了，就歇一歇吧，顺便躲躲凉
比如现在，望着田里残缺的秸秆
回味四月，那一片片金黄色的麦浪

顺便，认识一下眼前这座不太高的山
如此豁达，包容，从不伪装
原谅了说变就变的天气，放任那些
曾经细心呵护过绿色和花、而今身残影单的薄膜
在任何岔道，随意、随风游荡

突然很想成为这样的山，哪怕是其中的一小部分

也要这样坚定地站着

成全一众草木，时时，于风中绿绿地招展

雨，下在我驻村扶贫的最后一夜

金贵的雨，已痛痛快快
下了半个多小时。还在下

我粗略估算了一下，这趟阵雨
已足够所有农作物
舒舒服服过上一段时间的好日子

仿佛是老天的恩赐，在数月里
高温焦躁了土地，又把人心
烤得直冒怨火的时候，便及时现身

这是一场知性的雨
知道我明天就要返城，便选择今晚
我驻村扶贫的最后一夜，代我
向攻坚了三年多的小石桥彝乡
大把大把，掷撒银子

路两旁，那一排排整齐的金森女贞

高新区人行道两旁，这一排排前两天
还桀骜不屈的金森女贞，此刻
肩齐着肩，俨然一队训练有素的士兵

前面不远处，看得见环卫工人
正在修枝的侧影。一把修枝的电动剪，就
归一了所有争相比高的心

这些金森女贞，明显已经没有了野性
也不再为，谁多得到些光照
或少接收点春雨，而枝碰枝、叶撞叶

其中离我最近的那一排，格外团结
他们用身体，紧紧呵护着其中那两棵
健美地开出了纯色小花的金森女贞

素雅的香气，一阵阵传来

仿佛是从所有绿植中集体发出

深深把我吸引

乡村振兴的意义

更好的蓝图，早已绘成
项目落地，也已进行了一段时间

今天早上的工作，是去村子里再走一走
还有四户村民，对美丽乡村愿景的认知
没有彻底醒过来

村委会监委主任张世民率先
放倒了搁浅多年的畜圈
脱贫户陆忠才连夜
拆除了门旁屋后的违建
眼前的一片狼藉
毫无疑问，都是在为幸福生活打底

阳光再次刷亮雨后的早晨，乡村振兴
是脱贫攻坚这场瑞雨后的翠翠春笋
正在全国各地相继拔节

尘土飞扬处，一间间危房违建
于攻坚声中解体。我们力之不足
手之不及，全部交给了挖掘机

这种借力打力的智慧，在
以文明古国著称的华夏，早已经盛行
典型的行为艺术，今天运用到了
乡村振兴中。

目的就是要带领走出了贫困的乡亲们
最后，都以神往的心情，步入新锦绣

不同的地方，同一个方向

晚饭后，太阳步步退进山峦
相对于勤劳的农民，这是一段
既清爽明亮、又适宜劳作的时光

此刻，我正从桂井村原路返回
这一路，我们像打扫战场
仔细搜寻并夹拾着
前人丢弃的烟头、烟盒，和一些纸屑

从脱贫攻坚主战场完胜归来后
为城市值守，今天是第十三个日夜

我们与垃圾为敌，身穿红马甲
在主街区，反反复复，走过来走过去
火钳和小桶，是我们的战斗工具

过了桥，就是刘总旗居民村委会

一股浓烈而熟悉的农家肥气息
迅速包围了我的鼻翼

这种乡村特有的香水味
只有热爱劳动的人们，才会喜欢
让我一瞬间
感觉又来到了驻村扶贫三年多的山乡

小石桥、刘总旗
不同的地方，相同的方向。

为了我们生活的家园
每一天，都像水彩画一样美丽漂亮

玉米须须的红

能吸引人们特别注目的，一般
都与众不同。比如寂静空山中的鸟叫声
比如，曲径通幽处乍现的一瀑飞洪
比如此时，这一片翠绿中朵朵别致的绛红

这是一块很普通的玉米地
多余的杂草，已被勤劳的村民锄尽
整齐归一地铺垫在沟槽里

每次为文明城市值守，我都要由此途经
昨天的一场雨，让这一棵棵玉米
看起来充满了生命力

走近了才看清，把我吸引过来的
并不是玉米开出的花，而是
从果实中长出来的、绛红色玉米须须
像极了关公的大胡子

此刻，他头微低，缄口不语
是不是每一个大成的人，都这样谦虚

玉米须须的红，是农民脸颊的颜色
只有历经太阳反复着色的脸
才这般淡定从容

洪水赋

洪水是很傲慢的长跑运动员
听不进人劝，这些天
在成都、在昆明，肆意耍横

前夜，又偏离跑道，来到彝乡
并绕开沟渠，把烤房边
一米五的围墙，撞倒在地

飞扬跋扈的洪水，一意孤行
卷走了行将分娩的西兰花和玉米
把小树挺拔的身躯，连根拔起

我知道他跑不得多远
负重的洪水
同时带起了巨石和沙泥

昨日天晴，只见

这些裹挟了太多泥沙枝叶

和巨石的水，停了下来

由汹涌变滞稀

最终还原成一堆堆沙土，香消玉殒

相比之下，那些顺应自然和人文

归入河流、水库、湖泊或海洋的水

枕在阳光中，晶莹剔透

宛若，美艳照人的少女

五月的乡村

午休，被一串 G 大调喊醒
准确点说，喊醒我的
是鹅、一声接着一声幸福的共鸣

五月的小石桥，清朗明静
阳光似灵性的琴弦
点化着山前山后、每一根致富的神经

集市还在进行，村委会门口
拖拉机和微型小汽车出出进进
便民大厅里，涌动着日益向好的
美好生活的身影

青花五亩、烤烟两千多斤
我们一项项，计算着建档立卡户
一年好过一年的收银

隔壁李书记办公室，一群人
正为走出了贫困的山乡，谋划着振兴

龙马山雾凇

如何让一滴水，在玉碎前
华丽转身？
龙马山雾凇，无疑是当下
最美的见证

身穿貂皮大衣的美人
辗转千年，又回归山间

而让我流连忘返的
还是初雪下，那写实主义
一样清澈的流水，和一朵朵冰菊的虚美

2438 米，标注着龙马山的信心
零下，是此刻龙马山步步退让的表情

只有具备足够的高度
足够冷静，才能领略到这一幕玉洁冰清

胖胖的媳妇胖胖的月

胖，是媳妇年轻时的身段
媳妇不知道我喜欢
一直以瘦为榜样

从"健腹飞机"到各种瘦身药汤
媳妇把身体和胃，当成了瘦身的实验厂

即便是营养失衡不慎染上风寒，即便是
因钙质流失在职工拔河赛场把脚骨扭断
都没有动摇过媳妇、势与肥胖作殊死搏斗的思想

我甚至引经据典
大谈特谈身心健康才是人间正道
甚至动用了，大唐人心中的至美杨玉环

媳妇仍然，用基因中的胖
与遥远的瘦较量

直到，我习惯了媳妇的习惯
直到媳妇对减肥，生出了些淡淡的伤感

来山乡驻村开展脱贫攻坚工作之后
我和媳妇，见面变得很少
自然也就远离了胖瘦的论坛

我一周里思考得最多的
是老百姓的贫和富、瘦或者胖

转变还来自，昨天我休息在家的餐桌上
吃着小葱拌豆腐，我一脸认真地说
你看，胖有胖的吃样，像这豆腐拌葱香

媳妇一下子，笑成了中秋的月亮

禅意傣乡

整条河谷都是禅意的。包括
街道两旁、穿戴整齐的傣家风味商住房
包括随水而居的傣家人

包括稻田里随意散放着的鸭子
包括路边，亭亭玉立的芒果、甘蔗

也不见他们怎么跟施
随手种下的树
就挂满了水红粉嫩的荔枝

清纯婀娜的傣家小卜少
跳着比孔雀还要美的舞蹈
一撮糯米饭、半个腌鸭蛋
外加二两老白干，就是
傣家人心中、最美好的日子

三江，在上游归流
像从不同地方，前来的我们

江两岸，卸下了红装的凤凰树
举起一朵朵祥瑞的绿云
在空中，写下了一个个大写的"禅"

禅意傣乡

春天的样子

冰雪渐渐融化
世界，又归于原始

地平线微微凸起，呈初为人母样
万物开始发芽
溪水中，又看到了小鱼小虾

一切刚刚好
该开的花，全部开了
阳光从山那边、缓缓走来
给了我一个、最亲情的拥抱

除了四五辆小型面包车、手扶拖拉机
和三两声鸡鸣狗叫
山乡，依然保持着最原始的静谧

热闹要数，田间地头

那些正在挥汗劳作的场景

大家都专注于自己的一亩三分地
播种的播种，施肥的施肥，浇水的浇水

少了说教和窃窃私语
春天，她美得如此彻底

松衣

如何在雨中接住一滴雨
又不被淋湿？
这似乎，是一个数学方面的问题

松针没有计算过
直接把雨，滴到了我手里

大自然的恩赐
从来不需要更多言语

更多的雨水
顺着自然法则，又流回了山心

要有一个稳固实用的渠多好
这样，大山两边百姓饮水灌溉
就不是什么问题

松
衣

为此，山里山外
我们跑了好几个月。尽管天气预报
有强降雨，我们今天还来，是要看看
雨最大时，需要多高多深的渠

资金到账，还差几道程序
而未雨绸缪，也是我们的工序

哪一棵树端上的松针
不是承接着太多面积的雨

层层分担，方能营造
暴雨中、这一份温馨和快意

湿透了的松，为贸然进山的我们
每个人织了一件缜密的蓑衣

2020 年 12 月 21 日

杂草的思想

为了不让杂草影响收成
村民们又往土里，施加了些药方

除不尽万物生长。西葫芦开花时
一些牛膝菊，也在旁边悄悄绽放

这些深得大山真传、适应力超强的草本
用两三朵小黄花
就粉碎了，除草剂所向披靡的传奇

一些村民干脆听之任之
建档立卡户小方
采了最鲜最嫩的牛膝菊，拿回去煮汤

世界本来就需要这样的兼容
碧翠搭配着嫩黄，丰收笑看凋残

今天讨厌的

也许就是明天所盼

比如牛膝菊之于土地的不舍

比如西葫芦之于山里人的梦想

每一种花开

都是泥土，对雨水最持久的守望

云中，有一朵月

如果专注一些，循着啾啾声，就能
看见路旁草窝里，小灰雀饥渴的身影

左前方的树枝上，聪明的灰雀妈妈
用嘹亮的歌声，把路人吸引

我一直惊叹于大自然这份神奇的心机
由衷地，佩服变色龙的皮肤
和章鱼捉摸不透的眼睛

眼见未必为实
而人们，总自以为是

比如现在，面对天边
云聚云散后，始终不肯散去的
那一小朵玉片状的"云"

我把所有视线，集中成一个点

才终于看清

东边天上的那一朵白，不是云

是的，那是月

它和在云里

是白昼中早早升起的月

换个角度，我又发现

此时的月，是五米开外

三米高梨树上，一小朵绽放的冰凌

春雨小跑着，在赶过来的路上

水红粉嫩的小雀花
悄无声息，就开满了田埂

仿佛乡村振兴路上，这个新修的水上公园
在我公休了七天返岗以后，已有模有样

要将四组老村，建成现代美丽家园
这是驻村工作队，全部人共同的心愿

在抱团守旧的山村，最难撬动的
还是那些根深蒂固的老观念

动员的工作，做到了每一个人
就连外出打工的乡亲，都电话连了线

街边的脱贫户陆忠才，公房后面
第二排的朱勇，思想都有了明显转变

不破不立，是这段时间以来

我从乡亲们嘴中

听到最多，也是最振奋人心的新语言

今天到村子里转了转，看见村民们

正在拆除，门前不协调的危房和畜圈

腾出位置的土地

让梦想，有了成真的空间

这是一个万物渐次苏醒的季节

后山响起阵阵惊雷

春雨小跑着，在赶过来的路上

每一只鸟心中，都有一棵树

才进村，就听到了鸟鸣
不远处的柿果树上
看得见几只黑头翁的身影

叶落尽后，树枝的腰身，反而更直了
一只只手臂，向天空高高挺举

这样的造型，有利于所有飞翔
一眼，就能找得到栖息之处

每一只鸟都有一颗翱翔的心
树的聪慧就在于
用这样一些枝条，就拴牢了高飞的鸟

纵然翻山越岭又周游了大半个地球
归来时
还是当年，那棵可以憩息生养的树

每一只鸟心中，都有一棵树

仿佛儿时到郊外放飞的风筝

仿佛，一直住在我们心里的家

工业园区素描

无序的绿，在一声令下
被连根拔起。为了
植下欣欣向荣的新绿

平整出来的土地
是一张绵柔有劲的宣纸
赋予了书写者，无穷无尽的想象力

厂房替代草木
雨后春笋般在原野茁壮
经济增长点是从拓荒者思想里
开出来的花

高空吊车如履平地
沙石和泥土，一层一层垫起高楼大厦

山泉水循着蓝图，来到工业园区

一池原生潭，几棵古树紫薇
作为一种亘古人文，被保留了下来

也有鹭鸶在水上翩翩起舞
也有芦苇，于水边执着守护

汗水反复淘洗岁月
风霜把老茧，磨成了南海珍珠

不远处，机器在轰鸣
这是建设者胸腔里、铆足了的干劲

钢结构把梦想节节撑高
春天的脊梁，始于这片生机勃勃的土地

春天的样子（二）

几场雨后，阳光从后山探出头来

如此直白地，暖着我尚未痊愈的病身

修路的资金从我的笔尖

已经流出去了好些天。现在来看看

计划中的建设路线，走到了哪里

才进入新区，便见一条黑色的柏油路

巨蟒一样，把腰身，从山前甩到了山腰

那片前些天脸红得裂开了嘴的山地

被统一涂抹了水泥，一些高楼拔地而起

几个建筑工人在比试着登高术

脚下的钢结构，搭上了云梯

最令我兴奋不已的，是在上行的山路边

那从冻伤了的泥土里，开出来的一朵小黄花

只一朵，已经让寒冬，有了春天的样子

幸福的语言

建档立卡户方永元把硼按比例调匀
喷洒到了烟叶上面。这是我
为所有栽烟的贫困户，争取来的肥田粮
要让丰收，再增加一层亮点

雨也及时赶了过来。这些前两天
还无精打采的烟，吃饱喝足后，一下
就来了精神。每一片叶，都油头粉面

梨树也笑开了颜
一颗接着一颗，纷纷挂上了果实

汁多肉肥的"风水"，嫩黄透红的"952"
每一颗，都仿佛
方永元日渐丰盈甜美起来的日子

按不住西葫芦日进斗金的长势

每斤八元，是近几年来最好价钱

这注定又是一个丰收年
到 2020 年底不再让一个老百姓贫困
这是党中央定好的时间
也是有人类以来，世上，最幸福的语言

赶早市的卖菜人

听见一些说话声
在比鸟鸣还要早一些的黎明前

天将亮，淡红色的云
是理想和现实之间、那一层薄薄的膜
破壳，需要的仅只是一点点时间

挡不住奔驰而来的春风
初潮，正从太阳升起的方向起身

一切都将苏醒过来
沉睡的七星瓢虫，以及成千上万只
和树一起入梦的叶片

勤劳从来不苦等时间。前方小路上
隐隐约约能看见，三三两两
用扁担挑着星月赶赴菜市场的村里人

坚实的步伐，与穗旗飘飘的苞谷地
肩并着肩。一闪一闪的身姿
比大道上的每一盏路灯，都要精神

这些在我们生活中占据着重要位置，在
一部分人眼里不起眼的种菜卖菜人
总是比黎明，提前一分。

一分钟
长夜，就被远远甩在了后面

流水韵

不仅花、不仅仅花骨
也不仅仅，那大如雨伞的荷叶
包括花叶间
飞飞歇歇的蜻蜓，和水里游来游去的鱼
整片空气中，流动着勃勃生机

而我们都是画外人
冒冒失失，撞入了仙景
白描或重彩，皆有迹可循
典型的流水韵。在澄江抚仙湖畔
在焕然一新的马房村
一脸福气的荷花，像当下
中国人民无限美好的幸福生活

被党群服务中心
和千亩荷田，高高抬起

回家过年

过了分蘗期，看小麦灌浆
便只剩，时间上的问题

越接近年三十，越感觉日子
一天更比一天短了

明天就是除夕，在回家过年之前
我又把鼠年的扶贫日记，回放了一遍

285 个已经脱离了贫困的村民
一个接一个，在脑海中闪现

在回家过年之前，我又沿着
熟悉的路线，走过朱家许的地
看了看，方永争的田

那些喜结连理的豌豆花，已经开怀
年后

眼前这一片，又将是一派丰收景象

家乡做好了一大桌团圆饭

母亲，正翘首盼望

来时我意气风发

如今回家，我把所有的美好

全部写进了诗行

回家过年

297

乡村振兴壮景图

橙香在和风中舞蹈，吸引着
从四面八方过来观光取经的人们

这是十月金秋、举国同庆的日子
西南边陲戛洒方向，一片热气腾腾

穿着鲜亮的傣家小屋，是一个个
健康美丽的卜少卜冒，在
阳光中亮出金黄色成熟气息

213 国道引领着幸福，向
更幸福的方向延伸。来来往往的车辆
和街道上熙熙攘攘的人流，沸腾了小镇

三江在此归流，为傣乡
描摹出亮丽的一笔。
热情好客的凤凰树敞开全部胸怀，荫蔽着

每一个远道而来、满怀激情的人

海拔气候刚刚好、酸碱也适宜
独具匠心的管理，切中了亘古的
天时、地利、人和。山乡路盘旋而上
标识出人世间、所有成功的走向

两岸青山碧翠。
站在山坡上的万亩橙园正挥舞起一面乡村振兴的旗帜
勾勒出了，一幅幸福生活的壮景

每一个甜橙，都是时下
傣家人甜甜蜜蜜的好日子

所有花开，都朝着乡村振兴

阳光，谢绝了冬的寒意

大地开始发芽
风托报春花，带来家乡
母亲一切安好的信息

从小石桥中心小学中间直入山顶
脱贫攻坚的路，比三年前我初来时
拓宽了三米

一半叶黄一半青
很明显，田埂上的扁桃木
还在和过去，暗暗较劲

湛蓝色的龙胆花
秉承药性，宠辱不惊

十大功劳最干脆

直接避开了带刺的话题

一层一穗金子黄，盛开在叶顶

将废弃的水坝改扩成水上公园

是扶贫路上，建设小康社会的一个新景

种上荷花还是再养些鱼

目前还未确定

可以确定的是

所有花开，都朝着乡村振兴